Tiara Label

ティアラ文庫

新婚♡狂想曲

騎士団長にえっちなおねだり！

七福さゆり

presented by Sayuri Shichifuku

プランタン出版

目次

※本作品の内容はすべてフィクションです。

プロローグ　真夜中の秘め事

草木も眠る深夜——ブリジット・ルーベンスはそっと身体を起こし、隣に眠る愛しく美しい夫……アレックスの顔を眺め下ろした。

窓からは満月の幻想的な光が差し込んでいて、アレックスの美しく精悍な顔立ちを照らし出している。夜空のような黒髪に凛々しい眉、閉じていても鋭い印象を与える切れ長の瞳、高い鼻梁はまるで彫像のようだ。

なんて綺麗なの……。

あまりの美しさに、ため息がこぼれた。心臓の高鳴りが苦しくてナイトドレスの上からぎゅっと掴むけれど、少しも治まってくれない。

ブランケットの上にある手はごつごつと節くれ立っていて、触れるととても硬い。

いけないわ、私……眠っているからって、勝手に触れるなんてはしたないわ。

「……っ」

でも、手が勝手に動いて、止められない。

もう少しだけ……あと少しだけ触れたい……。

額にかかっている前髪をそっと指で払うと、彼の印象とは裏腹な柔らかく可愛らしい感触が伝わってきて、愛しさが込み上げてくる。

大好き……。

アレックスへの気持ちが胸の中に泉のように溢れ、ブリジットはやがて彼の薄い唇を奪っていた。

……えいっ！

「ん……」

角度を変えながら何度もアレックスの唇を奪っても、眠りが深い彼は起きる気配を全く見せない。

好き……大好き……。

悪戯をする子猫のように唇をぺろりと舐めると、アレックスの身体が小さく跳ねた。起こしてしまったかと思ってどきっとしたけれど、長い睫で囲まれた瞼は閉じたまま。

どうか起きないで……。

ううん、いっそのこと起きてくれたなら……。

長い睫に縁取られた瞼が開き、澄んだ海のように青い瞳が驚愕に揺れるのを想像すると、頬が燃え上がりそうなぐらい熱くなって、涙が出そうになる。

ううん、やっぱり無理だわ。お願い……どうか、起きないで。

けれどこれ以上求めれば、きっと起きてしまう。

もう、止めなければ……でも、もっと触れたい。

相反する気持ちを抱えながらも、ブリジットは彼の無防備な唇を割って、小さな舌を潜り込ませた。

「ん……ぅ……ん……っ」

アレックスの舌を見つけて恐る恐る擦りつけてみると、産毛がぶわりと逆立つ。

くすぐったくて、どこかもどかしくて……気持ちがいい。

瞼を閉じて不思議な感触に酔いしれていると、眠っているはずの彼の舌が動いて、ブリジットの小さな舌を捉えた。

「……っ！　……ン……ふ……ぅう……っ」

起きちゃった……!?

背中に冷や汗が流れて、恐る恐る瞳を開く。けれど彼は目を瞑ったままだ。

どうやら寝惚けて、口付けに応えているらしい。

絡められた舌を擦り合わされると、乾いた部屋の中にくちゅくちゅと淫らな音が響く。

「ん……ふっ……ふ……ぁ……」

舌と舌を擦り合わせているだけなのに、甘酸っぱい木苺を食べた時のように唾液が溢れて、お腹の奥がきゅんと疼《うず》いてしまう。

まるでおかしな薬を飲まされたみたいだ。身体がどんどん熱くなって……頭が真っ白になっていく。

「……ん……はぁっ……」

彼の唇をたっぷりと貪ったブリジットは、破裂しそうなほど高鳴る心臓をナイトドレスの上から押さえながら、アレックスの身体にかかっているブランケットをそっと避《よ》けた。

ブランケットを剝がされても、アレックスは起きる気配を見せない。

だめ……こんなことをしては……だめ……。

そう思っているのに、戻すことができない。

ごめんなさい……。

そう心で呟きながら、震える指で彼のシャツのボタンを一つ一つ外していく。眼前に広がるのは、鍛えられた逞しい胸板に、割れた腹筋――。

逞しい胸にそっと触れると、当たり前だけど柔らかい自分の身体とは全く違う。唯一同じなのは、その硬い胸にある淡い色をした小さな突起。思わず指の腹でそっと撫でたら、アレックスがまたもや身体を揺らした。

起きちゃう……！

ぎくりとしながらも、止められない。

何度も撫でているうちにぷくりと起《た》ち上がり、摘めるほど硬くなっていく。愛おしくて、なんだか可愛くて、思わず口付けをすると、アレックスが小さく声を漏らすのがわかった。

だめ……これ以上は、起きちゃう……。

私がこんなことしているのを知られたら……軽蔑する？　それとも……。

でも、今止めたら、アレックス様のここに触れられる機会は、もう二度と訪れないかもしれないわ。

「……っ……」

もう二度と訪れないかもしれないのなら、アレックス様の全てを知りたい……。私が知らないところなんて、どこにもないぐらい……隅々まで。

アレックス様、ごめんなさい……っ！

そっと唇を開いて突起を口に含んで、恐る恐る舌を動かしていくと、アレックスの身体が大きく揺れる。

「ん……っ……んん……」

こんなことをしてはいけないと思いながらも、止められない。

だって今しか、彼を一人占めにできない。彼に触れることを、許して貰えない。

無我夢中で舌を這わせていると、彼のトラウザーズの一点が膨らんでいることに気付いた。

あ……！

ブリジットは指先を震わせ、心臓を高鳴らせる。

——あなたが大好き。もっと、もっと触れたい……。

第一章　ファーストキスは罪の味

ルーベンス伯爵家の朝は早い。

まだ日が昇りきらないうちに身支度を整え、主人であるアレックスは日が昇ると共に城へ出仕していく。

ブリジットはアレックスの後に付いて、ドレスの裾を踏まないよう玄関ホールに続く長い階段を下りた。

「転ばないように気を付けるんだぞ」

「もうっ！　大丈夫よ。子供じゃないのだから、転んだりしないわ」

ルーベンス伯爵家は、代々城の騎士団長を務める家系で、父から家名を継いだアレックスもまた、騎士団長を務めていた。厳格でいて情に厚いアレックスは、王や部下、そして国民からも強い信頼を寄せられている。

伯爵家の紋章が刻まれた剣を腰に携え、鋼鉄の甲冑を身に着けたアレックスは重さなど感じていないように軽々と動く。風で王から賜った金の刺繍の入った豪奢なマントが翻り、朝日の神々しい光をまとう姿は美しくて、思わずため息を吐きながら見惚れてしまうほどだった。

「では、行ってくる」

短く整えられた短い黒髪に、凜々しい眉……澄んだ海のように綺麗な青い瞳は切れ長で、とても鋭い印象を与えられるが、ブリジットはアレックスが優しいことを誰よりも知っている。彼の背はうんと高くて、顔を見ようとすると首が少しだけ痛い。

ずっと見上げてきた顔だけど、飽きることなどけしてない。むしろ首を痛めてでも、見ていたい。

今日も素敵っ！　いつまでも見ていたいわ。

先ほどまで感じていた眠気がどこかへぽんっと吹き飛び、ブリジットは目を輝かせながら、アレックスの姿を一秒でも長く見ようとする。

「ええ、気を付けてね。アレックスお兄様……あ、ごめんなさい。アレックス……様」

頰を赤らめながら言い方を改めると、小さく笑われてしまう。

「無理に呼び名を変えなくとも、今まで通りでいい」

「ご、ごめんなさい。つい癖で……」

「ずっとそう呼んでくれていたのだから無理もない。それよりも、まだ眠いだろう？　毎朝わざわざ無理をして見送りに来なくてもいいんだぞ？」

「ううん、ちゃんとお見送りしたいの。だって私……アレックス様の……っ、つ、妻っ……になったんだから！」

火が出そうなくらい、顔が熱くなる。

つつつつつつ妻……。そうよ、私、アレックス様の……っ、つつつ妻になったのよね。

ああ、でも言葉に出すと、恥ずかしい。

切れ長の瞳を細めて笑うアレックスは、籠手越しに柔らかなストロベリーブロンドを優しく撫でてくれた。

「ああ、ありがとう。だが、特別に気負わなくてもいい。では、今度こそ行ってくる」

「はい、えっと……い、いってらっしゃい」

ブリジットは頬を赤らめながら、どきどき高鳴る心臓をドレスの上からぎゅっと掴んで、菫色の瞳を閉じて恐る恐る顔を上げる。

また小さく微笑んだアレックスはブリジットの前髪をそっと上げて、額にちゅっと口付けた。

——やっぱり、唇にはしてくれないのね。

「あまり遅くならないように帰る。いい子にしていてくれ」

「……ええ、気を付けてね」

愛馬に乗って城へ向かうアレックスを、ブリジットは寂しげな瞳で見送る。

アレックスと結婚してから三か月が経つというのに、ブリジットは妻とは名ばかりで、彼と夫婦生活と呼べそうな夫婦生活を営めていない。

そもそもアレックスと結婚するのは、ブリジットの姉であるはずだった。

◆◇◆

ブリジットの実家であるアーウィン子爵家はルーベンス伯爵家と縁深く、曽祖父の時代から親交があった。そこで浮上したのが、ブリジットの姉であるステラとアレックスの婚約話だ。

二人の婚約は幼い頃から決まっていて、アレックスは彼の父に連れられ、たびたびアーウィン家を訪れていた。

「いらっしゃい！　アレックスお兄様っ！」

玄関ホールを歩くアレックスの姿を見つけたブリジットは、乳母に窘《たしな》められるのも聞かず転がるように彼のもとへ走る。

「ブリジット、元気にしていたか？」

「ええ、とってもっ！」

「ふふ、そのようだな」

　アレックスは抱っこをせがむブリジットを抱き上げ、その場でくるくる回る。十三歳年上の彼は大きくて、大人の香りがして、こうして抱っこして貰うと胸の中がくすぐったくて温かい。

「ん……？　また少し大きくなったみたいだな？」

「うんっ！　ちょっとだけ背が伸びたみたいっ！　大人になったら私もアレックスお兄様みたいに大きくなれるかしら？」

「お、俺ぐらい大きくか。……女性では難しいかもしれんが、素晴らしいレディになることは間違いないだろうな」

　アレックスは苦笑いを浮かべ、ブリジットの頭を撫でる。

「素晴らしいレディになれたら、私をお嫁さんにしてくれる？」

　アレックスとステラが婚約をしているとは知らなかった小さなブリジットは、幼いながらに彼に淡い恋心を抱き、大切に育てていた。

「お前が大きくなる頃、俺はおじさんだぞ。それに大きくなったお前には、俺のようなおじさんよりもっとふさわしい良い男が、間違いなく現れるはずだ」

　軽くあしらわれたブリジットは赤く染まった頬をぷっくり膨らまして、アレックスの黒髪を鷲掴みにしてくしゃくしゃに乱す。

「いたたた、こ、こら、ブリジット」

「意地悪を言うアレックスお兄様なんて嫌いっ！　でも好きっ！　……私はアレックスお兄様が大好きなのよっ!?　他の人じゃいやっ！　意地悪っ！」

「こ、こら、止めなさいっ……あいたたた……っ……す、すまん。すまなかった」

「じゃあじゃあ、私をお嫁さんにしてくれるっ？」

　何度せがんでも、アレックスはけして『結婚してあげる』とは言ってくれなかった。

「アレックスお兄様の意地悪っ！」

「こらこら、毛をむしるなっ」

「意地悪なアレックスお兄様なんて、つるつるぴかぴかになっちゃえっ！」

　アレックスの毛をむしっていると、父が慌てて駆け寄ってきた。

「こら！　ブリジット、止めなさいっ！　アレックスくん、こんなところに居たのか。ブリジットが迷惑をかけてすまないね。ステラは部屋だ。二人で話してくるといい」

　ブリジットが遊んで貰っていると必ず父が現れて、彼をブリジットの姉であるステラの部屋へ向かわせようとする。

「ステラお姉様のお部屋へ行くの？　じゃあっ、私も……」

「ブリジットはこれから勉強の時間だろう？　自分の部屋に戻りなさい」

「でもっ！　せっかくアレックスお兄様が来て下さっているのに……」

「ブリジット、我儘を言っては立派なレディになれないよ」

どうして私も一緒じゃだめなの？

父に窘められたブリジットは菫色の瞳を潤ませ、しょんぼりと肩を落とす。するとアレックスが大きな手で優しく頭を撫でてくれた。

「ブリジット、早く勉強を終わらせて一緒に遊ぼう」

「ほんとうっ？」

「ああ、本当だ。待っているから、頑張っておいで」

「ありがとうっ！　アレックスお兄様、大好きっ！　私、がんばるっ！」

大好きな、大好きな、アレックスお兄様……。

お勉強を頑張れば……。

苦手なダンスが、上手にできるようになったら……。

素敵なレディになれたら……アレックスお兄様のお嫁さんにして貰えるかな。

希望に胸を膨らませていたのも虚しく、間もなくブリジットは、アレックスが姉の婚約者だったのだと知ることになる。


——ああ、だからだったのね……。

アレックスお兄様は優しいから、私が変な期待しないように……途方のない希望を持たないようにって、軽々しい約束をしなかったのだわ。

そしてそれ以上に、ステラを愛しているからこそ幼いブリジット相手でも、結婚を口にしなかったのだろう。

姉の婚約者なのだから、もう諦めなくてはいけない。そうわかっているのに、淡い恋心は砕くことができなかった。諦めなくてはいけないと思えば思うほど、胸の真ん中で心が叫ぶ。

私はやっぱり、アレックスお兄様が好き……と。

そしてブリジットが十六歳になった今年――アレックスとステラの婚姻の日取りがとうとう決まった。

いつかは訪れるべき日が決まっただけ……。

そう何度自分に言い聞かせても胸が苦しくて、そのことを悟られないように少々わざとらしいぐらい明るく振る舞って暮らした。

サロンで紅茶を飲みながらぼんやりしていると、ステラがやってきた。明るく挨拶をしたのに開口一番で、元気がないけれど、何か悩み事でもあるのではないか、と心配された。

どうしてお姉様にはわかってしまうのかしら……。

幼い頃はしきりにアレックスに気持ちを伝えていたけれど、彼がステラの婚約者だと知ってからは、気持ちを伝えることは止めた。けして気付かれてはいけない……妹が夫になる人を好きなんて知られたら、ステラを困らせてしまう。

悟られては駄目……明るく、何も悩みなんてないって思われるぐらい明るくしなくちゃ！

「ううん、そんなことないわ。ただちょっと、昨日夜更かしして、眠いだけ。最近買った小説が面白くて、気になりすぎて困っちゃうのっ！」

本当は、最近本なんて買っていないのよね……。

嘘を吐くのは心苦しいけれど、心配させてしまうよりはいいと自分に言い聞かせる。

「あら、そんなに面白いの？」

「え、ええ、とってもっ！」

ステラは自慢の姉で、憧れの女性だ。滑らかな白い肌、艶やかで真っ直ぐな紅茶色の髪に、深い森を思わせるような神秘的な緑色の瞳……美しく聡明なのに、それをちっとも鼻にかけることがない謙虚さを備えた優しいレディ——。

本当に素敵……！　自慢して歩きたいぐらいだわ。

家が決めた婚約とはいえ、アレックスもきっとステラの美しさに夢中なのだろう。

二人きりになったらどんな話をしているのかしら。愛を囁き合って、恋愛小説のような口付けを……ううん、もしかしたらその先のことも？

「そんなに面白いのなら、私も読んでみたいわ。なんてタイトル？」

「え、ええっ……!?　えっと……今読んでいるのはもしかしたらお姉様好みじゃないかもしれないから」

「そうなの？」

私の馬鹿！　なんてはしたないことを考えているの……っ！

「そ、そうなのっ……ごめんなさい。今度お姉様の好きそうな別の本を紹介するわねっ！」

嬉しそうに微笑むステラを見ていると、胸がちくちく痛む。

ごめんなさい。本当にごめんなさいお姉様！　変なことを考えてしまってごめんなさい！

罪悪感に押し潰されそうになっていると、にこやかな表情をしたメイドがやってきた。

「ステラお嬢様、アレックス様がお見えです」

心臓が跳ね上がる。ステラとアレックスが仲睦まじく話す姿を想像すると、胸が鷲掴みにされてしまったのではないかと思うぐらい苦しくなった。

なんて最低な妹なの！　大好きなお姉様とアレックスお兄様の結婚を祝福できないなんて……。

「ええ、わかったわ。……と、ごめんなさい。ちょっと済ませなくちゃいけない用事があるの。だからブリジット、アレックス様のお相手をお願いできる？」

「えっ……!? そんな……後じゃ駄目なの？」

アレックスと会えるのは嬉しい。けれど。今は顔を合わせたくなかった。彼と話せば、この胸の中に秘めた気持ちが育ってしまいそうな気がして、姉を裏切るようで心苦しかった。

「ごめんなさいね。どうしても今じゃないと駄目なのよ」

「え、ええ……わかった……わ。でも、早く帰って来てね？ アレックスお兄様も早くお姉様とお話したいと思うし……」

「……ありがとう、私の大切なブリジット……大好きよ。……突然ごめんなさいね」

どうして謝られるのだろう。

「気になさらないで？ 私も大好きよ。お姉様」

ステラはブリジットをぎゅっと抱きしめた後、何度も振り返りながらサロンを出て行った。

どうしたのかしら、お姉様……。

いつもとなんだか様子が違っていたような気がするけれど、思い過ごしだろうか。

ステラが出て行ったのと入れ替わりに、数分遅れてアレックスが入って来た。目と目が合った瞬間、心臓が弾けそうになる。

どきどきしちゃ駄目……！

「こ、こんにちは、アレックスお兄様」

変に思われないよう、にっこりと微笑む。不自然な笑顔になっていないか心配だったけれど、アレックスも微笑み返してくれたから大丈夫みたいだ。

「元気そうだな。変わりはないか？　先日、王宮で行われた舞踏会に参加していたそうだな。どうだった？」

「え、ええ、相変わらず上手くダンスが踊れるか緊張したけれど、なんとかお相手の足を踏まずに済んだわ」

「ああ、それは知っている。ちょうど城内の警備をしていて、お前が踊っている姿が見えたからな」

「嘘っ！　み、見ていたの……っ!?　やだ、は、恥ずかしいわ」

足を踏まなかっただけで、上手にはできていたとはいえない拙《つたな》いダンスだった。

お姉様はすごく上手なのに、どうして私は上手にできないのかしら。

姉と比べてしまう卑屈な考えが浮かんできて、ブリジットはきゅっと唇を噛む。

なんでも比べてしまうなんて、嫌な子だわ！　私は私だものっ！　私らしく頑張らなきゃっ！

「そんなことはない。とても上手だったから驚いたぞ」

「ほ、本当にっ?」

アレックスはにっこりと微笑むと、力強く頷いてくれた。

アレックスお兄様に褒められちゃった! どうしよう、嬉しいわっ!

「……あの後、大丈夫だったのか? ステラは風邪を引いて欠席だっただろう? 注意深く見ていたが、俺の目の届かない場所もあったのではないかと心配で……」

「あの後って?」

何か失態を犯したのではないかと、心配してくれているのだろうか。首を傾げていると、アレックスが咳払いをして数秒後——言いにくそうに小さく呟く。

「貴族の男にしつこく話しかけられたり、誘われたりしなかったか……ということだ。大丈夫だったか?」

心臓が大きく跳ね上がって、頬が熱くなる。男性関係で心配されたのなんて初めてのことだ。子供としてではなく、一人の女性として見て貰えたように感じて嬉しい。

社交界に赴くと、確かにいつも色んな男性に話しかけられる。

アレックス以外の男性と話すことなんてほとんどなかったものだから、最初は驚いたけれど、全く緊張はしなかった。

自分は姉のように美しくないし、話し上手でもない。容姿以外で話しかけられたり、誘われたりする理由といえば、アーウィン子爵家との繋がりを作りたいというところだろう。

となると、彼らが話しかけているのはブリジットではなく、後ろにあるアーウィン子爵家だ。自分に話しかけられていないとなれば、特に緊張はしない。普段家庭教師や両親から教えられている振る舞いを淡々とこなすのみだ。むしろアレックスと話す方が、どきどき胸が苦しくて、緊張する。

「えっと、大丈……」

熱くなる頬を押さえながら大丈夫、と言いかけたけれど、途中で口を噤《つぐ》む。

いい加減気持ちを切り替えて、アレックスを好きになるのは止めなければと思っているのに、何を喜んでしまっているのだろう。

「ブリジット？」

ブリジットは小さく深呼吸をして、手の平に爪を立てた。

「……大丈夫よ。もう、アレックスお兄様ったら心配性なんだから。でも、ありがとう。わ、私……ね、好きな人ができたの。お兄様の目が届かなかった時には、その方が傍に居て下さったから大丈夫だったわ」

「何？」

「お、お父様やお姉様には言わないでね。心配……かけたくないから」

嘘だ。そんな相手もいなければ、誘ってきた男性は自分で交わした。

優しいアレックスなら、ブリジットの恋を応援してくれるはずだ。他の男性との恋路を応援されたら、胸が千切れそうになるほど痛むと思う。だけど彼を諦めるきっかけになるのではないかと思いついたから、嘘を吐いてみた。

諦めたくない。好きでいたい……でも、これ以上ステラを裏切れない。

幸せになってね、アレックスお兄様。

「……どこのどいつだ。名前は？　相手もお前を好いているのか？」

「え……」

空気がぴりっと鋭くなり、喉が引きつる。

何……？

いつも優しい微笑みを見せてくれていたアレックスが、とても怖い顔をしていた。

凛々しい眉を顰《ひそ》め、切れ長の瞳は睨みつけるように鋭い。

「ブリジット、答えろ」

「あの、私……」

こんな怖いアレックスお兄様、初めてだわ……。

身体が勝手に震えだし、頭が真っ白になって何も言葉を紡げなくなる。

「ブリジット」

距離を詰められそうになったその時——サロンの扉が勢いよく開く。

「ステラ……！　ステラはここにいる⁉」

入って来たのは真っ青な顔をした母と、使用人達だった。

「お姉様は用事があるってサロンを出て行ったわ。お部屋じゃないかしら？ ……どうかしたの？」

「こ、これが……これがステラの部屋にあって……」

母が震える手で渡してきたのは、一通の手紙――。

アレックスと共に、その手紙を開く。

そこには長い文面が綴られていたけれど、要約すると、大切な恋人がいるのでアレックスとは結婚できない、その人のもとへ向かうということが書かれていた。

「う、嘘……！ そんな……」

親同士が決めた婚姻とはいえ、アレックスがステラを好きなように、ステラもアレックスを好きだと思っていた。

お姉様がアレックスお兄様じゃなくて、別の方を好きだったなんて……。

アレックスの方を見ると、驚きのあまり……いや、悲しみのあまりだろうか。険しい顔のまま、言葉を紡ぐことができないようだ。

無理もないわ……。

外出していた父もすぐに戻り、手を尽くしてステラの行方を探したけれど、数日経っても、数週間経っても、一か月経っても、彼女の姿を見つけることはできなかった。

そうして本来なら二人の結婚式が行われる一か月前のこと――ブリジットは父から告げられた驚愕の一言に、菫色の瞳を見開いていた。

「お父様……今、なんて……」

「……婚約者であるアレックスくんがいながら、他の男を受け入れたステラは、たとえ戻って来てもルーベンス伯爵家に嫁がせるわけにはいかない……ブリジット、お前には申し訳ないが、ステラの代わりにルーベンス家へ……アレックスくんの元へ嫁いでくれ」

私が……アレックスお兄様の元……へ？

「もう結婚式への準備は行われているし、ここで話を破談にしては、長年続いてきたアーウィン子爵家とルーベンス伯爵家の関係に亀裂が入ってしまう。……ブリジット、お前には本当に申し訳ないと思っている……だが、納得してくれるな？」

申し訳ないどころか、大好きなアレックスとの結婚は、ブリジットがずっと描いていた夢だ。でも、まさかこんな形で叶うなんて思わなかった。

お姉様、今どこにいるの……？　辛いことや悲しいことはないかしら。……ううん、大好きな人と一緒なんだもの。きっと幸せよね。

そうであって欲しい。

けれどアレックスの気持ちを考えたら、胸が千切れそうに痛んだ。

結婚すると思っていた人が……一生愛していくと決めた人が、急に違う男性のもとへ行ってしまったのだ。辛くないわけがない。

アレックスと結婚できるのは嬉しい。けれど彼の気持ちを考えると、無神経に喜んでいる姿を見せることなんてできそうになかった。

婚約が決まってからというもの……自分が傷付いているにもかかわらず、ブリジットを気遣ってくれているのだろう、アレックスは何度も屋敷を訪ねてくれていた。

「アレックスお兄様、いらっしゃいませ」

「ブリジット、元気にしていたか？」

「ええ、とても。……というか、昨日も会ったばかりだわ。……一昨日も……」

「あ、ああ、そうだったな」

いつもはステラの部屋へ通されていたアレックスだったけれど、今ではブリジットの部屋へ真っ直ぐに通される。こうして自分の部屋で二人きりになることなんてまずなかったから、どきどきして落ち着かない。ソファに並んで座っていると、心臓の音が聞こえてしまわないか不安になる。

「あ、あの、そうだわ。昨日、チーズ入りのブラックペッパークッキーを焼いたの。甘くないから、アレックスお兄様も食べられると思うのだけど……今、用意してくるわね。ちょっと待っていて」

あまりのどきどきに居た堪《たま》れなくなり、逃げるように席を立とうとした。するとアレックスに手首を掴まれ、心臓が壊れてしまいそうなほど大きく跳ね上がる。

「お、お兄様?」

「ブリジット、すまない。想う相手がいるのに、俺のようなおじさんと結婚することになってしまって……」

優しいアレックスは、ブリジットの吐いた拙い嘘を信じて、とても心を痛めているようだった。こんなことになるなら、あんな嘘を吐かなければよかった。後悔しても、もう遅い。

「……アレックスお兄様は、おじさんなんかじゃないわ……! そっ……それに、私……」

「ブリジット?」

撤回――できない。そんなことをすれば、なぜ嘘を吐いたのか、言わなくてはいけなくなる。

「……なんでも……ないわ。ごめんなさい……」

アレックスはステラを失って傷付いている。そんな彼に、自分の気持ちを押し付けるような真似はしたくない。そして自分の気持ちを知って、困る彼の顔を見る勇気もなかった。

ああ、もうっ……! なんて嘘を吐いてしまったのかしら。私の馬鹿っ!

こうしてブリジットとアレックスは、本来ならステラとアレックスが結婚する日に式を挙げることとなった。

◆◇◆

ステラが着る予定だったドレスのサイズを直して、そのまま着させられると思っていたけれど、アレックスはブリジットのために新しくドレスを仕立ててくれた。

艶やかに巻き上げられたストロベリーブロンドは、ダイヤでできた豪奢なティアラと美しい生の白薔薇で飾られ、純白のプリンセスラインのドレスには可愛らしいリボンとレースがたっぷりと縫い付けられている。ステラに用意されたドレスはマーメイドラインで大人びたデザインだったけれど、ブリジットのために仕立ててくれたものは、とても可愛らしいデザインだ。

控え室の鏡に映る自分の姿を見て、ブリジットはがっくり肩を落とす。ドレスの可愛らしさが、自分の子供っぽさを強調しているように思えてならない。

自分のためだけにドレスを仕立ててくれた彼の気持ちが嬉しいのと同時に、申し訳ない気持ちでいっぱいになる。せっかく素敵なドレスを贈って貰ったのに、こんな子供っぽい姿を見せたら、がっかりさせてしまうに違いない。

だって仮縫いの済んだドレスを試着したステラは、まるで女神のように美しかった。アレックスもその姿を見ているだけあって、なおのことブリジットの姿を見てがっかりするだろう。ブリジットの時はあまりに時間がなさすぎて、試着した姿は見せていない。これから見せるのが初めてだ。

絶対がっかりされちゃうわ……っ！

思わず涙目になってしまうと、ノックする音が聞こえた。

『ブリジット、用意は済んだか？　入ってもいいだろうか』

「あっ」

思わずカーテンの裏に隠れようとしたブリジットを見て、ブライダルメイドたちが微笑ましいといった様子で、くすくす笑う。

どうやら照れていると思われたらしい。照れているのではなくて、恥ずかしくて、怖いのに……。

必死になってカーテンの裏に潜り込もうとしたけれど、長いベールとパニエでたっぷり膨らませたドレスの裾が嵩張って、全く隠れられなかった。カーテンを掴んだまま途方に暮れていると、ブライダルメイドたちが勝手にアレックスを招き入れる。

「ルーベンス様、どうぞお入り下さいませ」

「失礼する」

み、見られちゃう……！

いつかは見られてしまうとわかっていても、恥ずかしくて堪らない。足先に落としていた視線を恐る恐る上げると、アレックスとばっちり目が合った。

「あ……」

純白のフロックコートに身を包んだアレックスは、凛々しくて、美しくて、まるで王子様のようだ。

恥ずかしさや不安、何もかもがどこかへ飛んで行って、ぼんやりと見惚れてしまう。

本来ならステラが一番に見たはずの姿。美しい姉と共に立つ彼を見たブリジットは、ときめくどころか胸を痛めていたのだろう。

アレックスお兄様、素敵っ素敵っ素敵――っ！　あ……アレックスお兄様じゃなくて、アレックス様って呼ばないと変よね。だってもう、妻になるのだから。

でも、いざ改めて呼ぼうとしたら、気恥ずかしくて堪らない。

ときめきと気恥ずかしさが胸の中をいっぱいにして、頬が燃え上がる。なかなか言葉を紡げずにいると、アレックスが切れ長の瞳を丸くするのがわかった。

ブリジットが何も話せないのと同様に、彼も言葉を失っているようだ。もしかしたら、想像したよりもうんと子供っぽくて、がっかりさせているのかもしれない。

しょんぼりしていると、アレックスが何度か咳払いをする。

「あー……その、なんだ。……用意は……整ったようだな」

「は、はい」

『子供っぽくてごめんなさい』なんて素直に言っては、優しいアレックスのことだ。『そんなことはない』と慰めさせてしまうことになるだろう。

ごめんなさい、ごめんなさい、ごめんなさい！

だから心の中で、ひたすら謝る。

うう、恥ずかしい……。

今、急激に成長してくれないかしら……なんて、途方のない願いまで考えてしまう。

「その、サイズはぴったりのようだな」

「え、ええ、ぴぴっ……ぴったりよっ！」

「そ、そうか、よかった」

子供の頃からそうしているように、頭をぽんぽんと撫でてくれた。……けれど、アレックスがはっとした様子で、慌てて頭から手を離す。どうしたのだろう。花に虫でも乗っていたのだろうか。ブリジットが狼狽すると、彼がそれ以上に狼狽する。

「す、すまない。つい、いつもの癖で……せっかく綺麗なのに、崩れていないか？　すまない。彼女の髪を直して貰えないか？」

きっ…………!?

狼狽するアレックスを見たブライダルメイドたちは、くすくす笑いながらブリジットの髪を直してくれた。直したといっても、ティアラとベールの位置を整える程度の乱れだったので、一分もかからないうちに終了した。

その間、ブリジットは驚きのあまり、目を丸くしたまま……。

今、綺麗……綺麗って言った……？　アレックスお兄様……う、ううん、アレックス様が私を？　子供っぽい私をっ⁉　こんな私をっ⁉

いや……いやいやいや、緊張のあまり聞き違いをしてしまったのかもしれない。

「……そろそろ式の時間だ。行くぞ、ブリジット」

「は、はい……！」

腕を差し出され、その腕におずおずと手を置く。手袋越しにアレックスの体温が伝わってきて、顔が熱くなる。

挙式はとても大きな教会で行われた。大天使の描かれた美しいステンドグラス、黄金の十字架が飾られた大きな祭壇では、純白の聖衣をまとった神父が待ち構えている。

神聖で厳かな空気に、自然と背筋が伸びた。

参列客の中には国王と正妃、そして彼のまとめている騎士団、ルーベンス伯爵家とアーウィン子爵家に繋がりのある貴族たちが並ぶ。

最初に出した招待状は、アレックスとステラの名で結婚式を行うと記していたため、皆花嫁が変わったことはわかっていた。噂好きの貴族のことだ。詮索したくて堪らないだろう。しかしさすがに神と国王の前では軽口を叩けないようで、『可愛らしい新婦だ』『彼は真面目だから、きっと家庭を支える良い夫になるだろう』など、当たり障りのないことを小声で話していた。

式は順調に進み、彼と共に婚姻届にサインをしたところで急に実感が湧き上がってくる。

夢みたいだけど、夢じゃない。

わ、わわわわっ……！　私、本当に……本当にアレックス様と結婚できるのね……。

アレックスにとっては不本意であっても、ブリジットにとっては夢にまで見た瞬間だ。喜びのあまり目の奥が熱くなって、涙がこぼれそうになるのを必死で堪えた。けれど一度瞳に浮かんだ涙はなかなか引っ込んでくれない。誓いの口付けで彼にベールを上げられた時、顔がわずかに揺れて、涙がこぼれてしまう。

「あっ」

「ブリジット……」

彼の気持ちを考えて、嬉し泣きとは言えずにレースの手袋で涙を拭う。

「……すまない。ブリジット」

なぜ、謝られるのだろう。

目を丸くしていると、アレックスが腰をかがめ、精悍な顔立ちを近づけてくるのがわかった。

ア、アレックスお兄様と、口付け……！　わ、私、夢を見ているわけじゃないわよね⁉
心臓が跳ね上がり、壊れるのではないかというぐらい早鐘を打つ。

そ、そうだわ！　目……っ……目を瞑らないと……っ……！　あら？　目を瞑るのって、どうすればよかったかしら⁉

ぱちぱち瞬かせるたびに涙がこぼれて、頬に涙の痕《あと》ができていく。

ああっ……！　これ以上泣いたらお化粧が大変なことに……！

また涙を拭ってやっと思い出せたブリジットは、ぎゅっと目を瞑る。

ま、瞼が震えちゃう……。

今まで挨拶として額や頬に口付けをして貰ったことはあったけれど、唇には当然初めてだ。

幼い頃から初めての口付けは、アレックスとしたいと思っていた。ステラの婚約者だと知ってからはもうそれは無理だと諦めていたけれど、まさか本当に彼と口付けできるなんて夢にも思わなかった。

心臓が壊れそうなほど高鳴って、今にも弾けてしまいそう。

「大丈夫だ。泣かなくていい」

耳元でそう囁かれて数秒後――唇の端にちゅっと柔らかな感触を受けた。

え………？

祝福の拍手が沸き上がるのと同時に、アレックスが身体を離す。

唇の……端……？　どうして唇にしてくれないの？

「あ、あのっ……」

招待客からは唇に口付けしているように見えたらしい。両親は感動して涙を流し、皆微笑みを浮かべて祝福の拍手を続けている。

「あの、アレックス様……私……っ」

ブリジットの声は、祝福の拍手でかき消される。

し、して貰っていないのに――……っ！

もしかして、アレックスも緊張して間違えてしまったのだろうか。

そう思って視線で訴えても、彼はにっこり微笑むだけ。

「……っ」

ううん、違う……。

これは間違えたのではなくて……――故意だ。

やっぱり私じゃ、力不足なんだわ……。

アレックスの微笑みが、だんだんぼやけてくる。

きっとアレックスはステラを忘れられないのだろう。彼は真面目な人だから、ここが教会で神様の前だとしても、自分の気持ちに嘘は吐けなかったのだ。

悲しくて俯くと大粒の涙が化粧を崩し、神聖な床にこぼれ落ちた。

◆◇◆

幼い頃――結婚式を挙げる夫婦は、お互いをとても愛し合っているのだと思っていた。

貴族の結婚がほとんど政略結婚だと知ってからも、ブリジットが参列させて貰った結婚式で見る夫婦は皆幸せそうにしていたから、政略結婚でもなんだかんだ言って、式までの間に愛が芽生えてくるのだろうと思っていた。

でも、そんなことなかったのね……。

ブリジットはお湯をたっぷり張ったバスタブに身体を沈め、大きなため息を吐く。

「奥様、どうなさいました？」

横に待機していたメイドのエレナに心配されて、ブリジットは慌てて笑顔を取り繕う。

「あ……ううん、なんでもないの。ただ気持ちよくてため息がこぼれただけよ」

「本当ですか？　ご無理されているのではないかと心配で……」

「ええ、大丈夫よっ！　すっごく元気っ！」

元気さを見せるために腕をぶんぶん動かすと、お湯が跳ねてエレナの顔や身体にかかる。

「きゃっ」

「あっ……！　ご、ごめんなさいっ！　大丈夫!?」

ブロンドの前髪が濡れて顔に張り付き、ブラウスやエプロンドレスまで濡らしていた。

「いいえ、これくらいすぐに乾いちゃうので大丈夫です。それよりも奥様がお元気でよかったですわ」

にっこり微笑むエレナにつられて、ブリジットまで笑ってしまう。

「ふふ、エレナったら優しいのね。でも、そんなに濡れてたらすぐに乾くわけないわ。私は大丈夫だから、着替えてきて？」

「え、でも……」

顔からお湯を滴らせながらも、エレナは躊躇う。

「いいから、いいから」

「ありがとうございます。では、お言葉に甘えまして……あっ……すぐに戻りますから！馬車よりも早く戻ってまいりますっ！」

慌ただしくバスルームを出て行くエレナの背中を見送り、ブリジットはゆらゆら揺れるバスタブのお湯をぼんやり見つめる。

結婚式を終えてアレックスの屋敷に移り、住むようになってから三か月——。ステラを思い続けている彼は、寝室を共にしながらも、ブリジットに指一本触れてくれない。それどころか唇に口付けすらしてくれていなかった。

寝室を一緒にするのは、使用人たちから怪しまれないために渋々なのだろうか。

そうよね。『新婚なのに、夜の生活が全くないみたい』なんて誰かに口外されたら、またスキャンダルの火種になりかねないもの……。

ただでさえステラが逃げたことで、注目を浴びている今——これ以上のスキャンダルを起こしては、ルーベンス伯爵家の名に傷がつく。

現にアレックスへ家督を譲っているとはいえ、アレックスの父はステラの一方的な婚約破棄に怒りを露わにしていた。これ以上のスキャンダルは本当に許されない。

暗くなっては駄目っ！

油断すると、つい後ろ向きの考えになってしまう。

エレナにわからないよう首を小さく左右に振って、髪に付いた水滴と一緒に暗い考えを吹き飛ばす。

今は私を子供にしか見てくれないとしても、何とも思ってくれていないとしても、私達は結婚したのだもの！　いつかは一人の女性として好きになって貰えるように、努力しなくちゃ！

「奥様、今日はどのナイトドレスにいたしましょうか」

入浴を終えると、エレナはいつも三着のナイトドレスを用意してきてくれる。ここで暮らすようになってから数週間は、一着目はシンプルなもの、二着目は可愛らしいもの、三着目は大胆なものを持ってきてくれていて、ブリジットが可愛らしいものばかりを選ぶことに気付いてからは、三着とも可愛らしいデザインのものを持ってきてくれるようになった。

「あ、あの……」

「はい？」

子供っぽい顔立ちのブリジットが可愛らしいデザインのものを着ては、余計子供っぽく見えて、大人の女性として見て貰えないかもしれない。

勇気を出すのよ。私っ！

「……こ、ここに来たばかりの頃に見せて貰ったような……その……こ、子供っぽくないデザインのものがいいのだけど……えっと、シンプルじゃない方で……お、大人っぽい、デザインの……がいいなって」

恥ずかしくて、顔がぼぼぼっと熱くなる。

「かしこまりました。では、あのようなデザインのものを三着ほど用意させていただきますね」

用意して貰ったナイトドレスは、想像以上に過激なものだった。身体のラインどころか全てを透かしてしまう生地のものや、どう考えてもお尻が見えてしまいそうなもの、そして着ている意味がほとんどないようなデザインのもの。

「こ、これは……その……」

いくらなんでも、これは無理……！

湯気が出そうなほど顔を真っ赤にさせたブリジットを見て、エレナがくすくす笑う。

「そうおっしゃられると思いまして、こちらのデザインもご用意いたしました」

四着目として出てきたのは、セクシーというよりどちらかと言えば可愛らしいデザインだったけれど、いつもより露出が多いものだった。大きなリボンが付いた胸元は谷間が見えるほど深くて、フリルがたくさん付いた裾もブリジットにとってはかなり冒険した丈だった。

勇気を出して袖を通し、鏡の前に立つ。そこにはいつもより背伸びをした自分の姿があって、頭の天辺から足の爪先まで真っ赤になる。手も足も胸も、何もかも出すぎていて落ち着かない。

「奥様、素敵ですわ！」

一人の女性として意識して貰いたいと思うけれど、はしたないと呆れられてしまうのは嫌だ。どこからどこまでが大人っぽくて、どこからがはしたないラインなのだろう。

これは、いいの!?　それともはしたない!?

ぐるぐる考えれば考えるほど、わからなくなっていく。

「あ、あの、やっぱりはしたなく見える……かしら？」

エレナに助けを求めると、とんでもないと首を左右に振ってくれた。

「いえいえ！　そんなことございませんわ！　本当にとっても素敵ですもの。旦那様もきっとお気に召して下さるはずですわ」

「本当？　本当に本当？」

「ええ、むしろこちらの大胆なデザインのものだとしても、はしたないなんて思われるはずがございませんわ」

エレナは自信満々といった様子でくりくりの青い瞳を輝かせ、先ほど見せてくれた大胆なナイトドレスを掲げる。

「こっこっこんなにあちこちはみ出ちゃうデザインなのに⁉　お、お尻も出ちゃうのよ？というか着ている意味がないぐらい透けているのにっ⁉」

驚愕のあまり、思わずエレナを質問攻めにしてしまう。彼女は満面の笑みを浮かべ、力強く頷いた。

「ええ、はしたなく思われるなんてありえませんわ。だって、ご自分のためにこんな可愛らしい奥様が勇気を出して着て下さったのですもの。はしたないと思うどころか、感激のあまり大喜びしていただけると思いますわっ！　色んな意味で！」

色んな意味……？

首を傾げて数秒後、意味をようやく理解したブリジットは頬を燃え上がらせた。

絶対に喜んでくれる！　もし喜んでくれなかったら辞職する。その覚悟だから、このまま寝室へ行って欲しいとまで言われ、ブリジットは覚悟を決める。

そうよ。自分から言い出したのだもの。勇気を出すのよ私！　今日こそはアレックス様に大人の女性として見て貰うの……！　子供なブリジットとはさよならするのよ！

両手に拳を作り、気合いを入れ直す。

「ありがとうエレナ！　私……私……頑張るわっ！」

ブリジットはナイトガウンを羽織り、どきどき早鐘を打つ心臓を押さえながらアレックスの待つ寝室へ向かった。

「し、失礼します」

控え目にノックをして恐る恐る扉を開くと、アレックスと目が合う。すでに入浴を済ませた彼はヘッドボードに背を預け、本を読みながら寛いでいたらしい。

「ここはお前の部屋でもあるのだから、遠慮しなくていい。しっかりと温まったか？」

「もうっ！　また子供扱いして！」

「ああ、すまない。つい……な。それで、ちゃんと温まったのか？」

「ええ、湯気が出ちゃいそうなぐらい温まったわ」

小さく微笑んだアレックスは、読みかけの本に栞《しおり》を挟む。少しくたびれているその栞は幼い頃にブリジットが贈ったものだ。

ガーデナーに習って一生懸命育てていた花が咲いたので、大好きなアレックスにぜひ貰ってもらいたかったブリジットは、枯れてしまう前に母から習って栞にして彼へ贈った。

『ありがとう、大切にする』

そう言って受け取ったアレックスは、今でも本を読む時にはブリジットの栞を使ってくれているのだ。

使ってくれているのを見るたびに嬉しくて、くすぐったくて、胸の中が温かくなる。

「そろそろ休むか」

「は、はいっ」

ついにこの時が来たのねっ……！

緊張と気恥ずかしさで、心臓が破裂しそうなほど高鳴った。

エレナの言葉を思い出し、覚悟を決めてナイトガウンを脱ぐと、アレックスが切れ長の瞳を大きく見開く。

「なっ……」

あ、あれ、驚いてる⁉　それともやっぱりはしたないって呆れられてる⁉　ど、ど、どうしよう！

固まって動けずにいると、アレックスが身体を起こして近寄ってくる。

あ、あれ⁉　もしかしてこれって……。

『感激のあまり大喜びしていただけると思いますわっ！　色んな意味で！』

エレナの言葉を思い出し、ブリジットは顔を通り越して、白い首筋や指先まで赤くなった。

ほ、本当に色んな意味で……!?

「ブリジット」

名前を呼ばれ、期待と恥ずかしさで思わずぎゅっと目を瞑った。

「はっはいっ……！」

抱きしめて貰えちゃう……!?　ううん、口付けしてくれるのかも。……あっ……！　も、もももっ……もしかしてもっと先のことを……!?

ブリジットが期待に胸を膨らませ続けているその時——身体をふわりと柔らかな何かが包む。一瞬どきっとしたけれど、その何かが彼の逞しい腕ではないことはすぐわかった。

恐る恐る目を開くと、脱いだはずのナイトガウンがすっぽりと身体を包みこんでいて、目を瞬かせる。

えっ……あ、あれ？

「……そんな薄着では風邪を引いてしまうぞ。ほら、しっかりと腕を通して」

「へ、平気だわっ……今日は暖かいし、これからベッドに入るもの」

夏を目前に控えているし、今はむしろ緊張で暑いぐらいだ。

いくら平気だと言っても、アレックスは譲ろうとしない。脱いだナイトガウンをしっかりと着せられた上に、アレックスが着ていたナイトガウンまで重ねられてしまった。

子供扱いされたくなくて背伸びをしたのに、これではいつも以上に子供扱いをされている。

すごく恥ずかしかったのに、あんまりだわっ……！

悔しさと悲しさで、再びベッドへ戻って行くアレックスを見る紫色の瞳に涙が滲む。

「ほら、湯冷めをしないうちに早くベッドに入りなさい」

ブリジットは無言のままベッドに乗ったけれど横にならず、アレックスの目の前に座る。

「どうした？」

「……口付け……して欲しいの」

「ああ、わかった」

アレックスは小さく微笑み、ブリジットの頬に軽く口付けた。

「……っ……違う……違うわ。私が欲しいのは、唇になの！」

ブリジットは真っ赤になりながらこぼれそうになる涙を抑え、震える声でおねだりする。

「…………駄目だ」

「どうして……っ？　私は……アレックスお兄様の……アレックス様の妻になったのに……」

やっぱりお姉様じゃないと駄目なの……？

そう聞きたかったけれど、聞く勇気がない。ブリジットは震える手できつく結ばれたナイトガウンの紐を解き、再びナイトドレス姿になる。

「ブリジット、風邪を引くと言って……」

「風邪なんて引かないわ……っ……だって……夫婦の時間に……こ、こんな分厚いナイトガウンは必要ないでしょう？　しかも二枚もっ！　寒いどころか暑いわよっ！　汗だくになっちゃうわっ！」

恥ずかしくて、悲しくて、感情がぐしゃぐしゃだ。

「ブリジッ……」

「ちゃんと唇に口付けして、私を……だ……抱いて欲しいの……！」

アレックスの言葉を遮り、ブリジットは溜まりに溜まっていた気持ちを吐露した。

お願い……お姉様じゃなくて、私を見て……。

そう願いながらアレックスの答えを待つ。彼は驚愕したように切れ長の瞳を見開き、ブリジットの肩に手を置く。

「……っ！」

肌に彼の熱い体温が伝わってきて、身体がびくんと跳ね上がる。

「何をされるか、わかって言っているのか？」

「あ、当たり前だわ……！　だから、私を……」

「大人になったらな。では、そろそろ休もう」

アレックスはブリジットの言葉を途中で遮ると、再びナイトガウンを二枚分着させて横にさせた。

「あっ……ま、待って、私……っ」

「おやすみブリジット。良い夢を」

そんな……。

肩までしっかりとブランケットをかけられ、起き上がろうとしたらランプが消された。

部屋が真っ暗になる。今夜は新月——カーテンの隙間から月明かりすらも入ってこない。

ブリジットの心の中も、真っ暗になったみたいだった。

アレックスに背を向け、ブリジットは小さなため息をこぼす。

やっぱり私は、子供にしか見て貰えないの……？

悲しくて、想いが空回りしたことが恥ずかしくて、今にも泣いてしまいそうだ。

でも、お姉様がアレックス様と結婚していたら、私はこんな悩みを抱えることなく、素直にアレックス様を諦めなくてはいけなかった。

私って欲張りだわ……。

あの頃よりも贅沢な状況下に身を置いているというのに、一度断られたくらいで何を弱気になっているのだろう。

こんなに泣いていたら、余計子供だと思われてしまうわ。

大人の女性として好きになって貰いたいのだから、いつまでもうじうじ落ち込んでいては駄目だ。

ブリジットは自分で自分を叱咤し、暑くなってきたのでナイトガウンを一枚だけ脱いで、やっとのことで涙を止めた。

落ち込んでいる暇があったら、もっと頑張らなきゃ……！

◆◇◆

暗い考えに囚われては駄目だ。どう努力すれば、大人の女性として見て貰えるだろうと考えていた矢先のこと――。

「どうどう？　これって、美味しく淹れられているかしら？」

「ええ、お湯の温度も蒸らし時間もばっちりです！　旦那様もきっとお喜びになりますわ」

エレナに美味しい紅茶の淹れ方を教えて貰ったブリジットは、エレナに満点を貰った紅茶と甘さ控えめのジンジャークッキーをトレイに乗せて、アレックスのいる書斎へ運ぶ。

「アレックス様、ブリジットです。入ってもいい？」

ノックをして声をかけたけれど、返事がない。

「アレックス様？」

そっと扉を開くと、革張りのイスに深く腰をかけ、寝息を立てている無防備なアレックスの姿があった。

「寝てる。お疲れなのね……」

一緒に寝ていても、いつもはブリジットの方が先に眠ってしまうからこうして寝顔を見るのは初めてだ。机の上に音を立てないようにトレイを置き、近くにあったブランケットをかけてから彼の顔を眺める。

かっこいい……。

艶やかな黒髪も凛々しい眉も、閉じている切れ長の瞳も、きゅっと結ばれた形の良い唇も……全てがブリジットの心を揺さぶって、ときめかせる。

時間を忘れて見入っていると、結ばれていた唇が薄《うっす》らと開いて言葉を紡いだ。

「ステラ……」

え……？

彼の唇は、確かにステラを呼んだ。

お姉様の夢を見ているの……？

心臓が嫌な音を立てて、胸が騒ぎ出す。

どんな夢を見ているの？

ステラが隣にいる夢だろうか。それとも、彼女を探している夢だろうか。

夢には深層心理が出ると聞いたことがある。アレックスは普段、ステラを気にしている素振りを見せないが、それはブリジットを悲しませないようにとの配慮なのだろう。

「ん……」

「……っ！」

アレックスの瞼が揺れるのがわかって、ブリジットは逃げるように書斎を飛び出した。

想像が、確信に変わる――。

やっぱりアレックス様の心には、まだお姉様がいるんだわ……。

自分の部屋に戻って扉を閉めた途端、涙が溢れそうになる。袖でごしごし擦っても、次から次へと滲んできて、上を向いたら眦《まなじり》からほろりとこぼれてしまった。

「……っ」

当然よね……ずっと結婚すると思っていた愛する人が急にいなくなって、こんな子供と結婚することになってしまったのだもの。

そう簡単に忘れられるはずがない。わかっていても悲しくて、まるで水の中で溺れているように息が苦しい。

暗い考えに囚われては駄目だと思っても、もっと頑張ってアレックスから好かれるような大人の女性になろうと思い直しても、目の前が真っ暗。出口が見えない迷路をひたすら歩いているみたいだ。

そうして気持ちを浮上させられないまま、入浴の時間となった。

たっぷりと湯を溜めたバスタブの中に、髪の毛から落ちる水滴と共に暗い考えを沈めてしまえないかと思ったけれど、いくら浸かっていても心から剝がれてくれない。

今日もブリジットにとっては大胆なデザインのナイトドレスを着るつもりだったけれど、急に無駄な努力をしているみたいで不毛に感じてしまい、いつも通り露出の少ない可愛いデザインのものを身に着けた。

寝室に入ると、アレックスはまた本を読んでいた。手元にはブリジットが贈った栞が置いてある。大事にしてくれているのは嬉しい。使ってくれているのを見るといつも胸が温かくなっていた。でもどうしてだろう。今日は胸が痛い。

「頰が赤いな。のぼせたのか？」

「……ううん、大丈夫よ」

本当は少しのぼせていたけれど、もう後はベッドに入って休むだけだ。明日になればよくなる。それに今日は暗いことを考えてなかなか寝付けなさそうだったから、少し具合悪いくらいがちょうどいい。きっと何も考えずに眠りに落ちることができるだろう。

アレックスはすぐに本を置くと、よく磨かれたグラスに冷えた水を注いでくれた。

「ほら、ベッドに座って飲むといい」

「本当に大丈夫なの。でも、ありがとう。あっ……一人で座れるわ」

「いいから、ほら」

「……ありがとう」

アレックスに支えられ、ブリジットはベッドに腰を下ろす。冷たい水を喉に流し込むと、火照った身体がだんだん冷えて、元の体温を取り戻していくのがわかる。

「今日は早く休んだ方がいい」

「ええ、そうするわ。おやすみなさい」

ナイトガウンを脱いで、もぞもぞとベッドの中に潜り込む。

「おやすみ。……ああ、そうだ。先ほど書斎に紅茶を持ってきてくれたそうだな」

どうやらエレナから聞いたらしい。アレックスはブリジットが枕に頭を置くのと同時に、肩までブランケットをかけてくれた。

「え、ええ、勝手に入ってごめんなさい……」

ステラを呼んでいたことを思い出し、胸の中が小さな炎の先でゆっくり炙られているみたいにちりちりする。黒い煙が肺の中をいっぱいにしていって、息苦しくて堪らない。

「構わない。冷めても美味い紅茶だった。温かいうちならもっと美味しかっただろうな。せっかく淹れてくれたのに、眠っていてすまなかった」

優しく微笑まれると、ますます苦しい。

「あの、アレックス様……さっき……」

「ん？」

「……さっきは……その……」

なんの夢を見ていたの……？

そう聞きたかったけれど、聞くのが怖くて途中までしか言葉が紡げなかった。

「どうした？　先ほど、何かあったのか？」

心配そうに覗きこまれ、ブリジットは慌てて首を左右に振る。

「や、やっぱりなんでもない。おやすみなさいっ……！」

肩まであったブランケットを頭まで被り、現実から逃げるようにぎゅっと目を瞑った。

「遠慮することはない。言いたいことがあるのなら……」

「ほ、本当になんでもないの。だから、気にしないで」

「……そうか」

私のいくじなし……！

ステラの夢を見ていたのは確実だ。でも、アレックスの口から聞いたら、立ち直れなくなるに違いない。

もっと頑張って好きになって貰いたい。だから、暗い考えに囚われては駄目——そう思っているのに、いつの間にか暗い考えに捕まってしまう。

寝て起きたら、忘れられていたらいいのに……。

◆◇◆

翌日――のぼせはすっかりよくなっていたけれど、やはり気分は沈み込んだままだった。

心は沈んでいても、表情ぐらいなら明るく作ることができる。

アレックスやメイドたちに心配をかけないようにと、ブリジットは朝から笑みを絶やさないようにしていた。

「……ブリジット、昨日はのぼせているだけだと思っていたが、もしかして具合が悪かったのではないか？」

「え、どうして？」

いつものように城へ出仕するアレックスを見送ろうとしたところ、なぜかアレックスに心配されてしまった。彼はブリジットの前髪を避けると、わざわざ籠手を取って、額に大きな手を当てる。

「昨日から元気がない。……いや、熱はないな。どこが悪い？　正直に言ってみろ」

いつも以上に明るく振る舞っているはずなのに、どうしてアレックスにはわかってしまうのだろう。

も、もしかして私、知らないうちに自分の気持ちを声に出している……とか⁉　ま、まさかね。そんなはずないわ！　……ないわよね⁉

「あ、あの、具合なんて悪くないわ」

ブリジットは具合が悪いわけではない。アレックスの気持ちがステラから動かないことに嫉妬し、自分を子供としか見てくれていないことに焦りと悲しさを感じているだけだ。

もし自分の気持ちを口走っているのなら、彼はこんな質問などするはずがない。

「では、なぜ元気がない？　何か悲しいことでもあったのか？」

「そんなことないわ。私、元気だもの」

どうしてわかってしまうの……？

「笑顔に元気がない」

「えっ」

「いつもは花が咲いたように笑うのに、今日はしおれた花のようだ。長雨に散々打たれて、今にも枯れそうな花のようだ」

「……っ……か、枯れそうってそんな……違っ……私は……」

本当の気持ちを言えば、アレックスを困らせてしまう。ステラがいなくなり、ブリジットを妻に迎えたことで、彼はただでさえ気苦労という名の鎧で身を固めさせられているのだ。これ以上負担をかけたくない。それに彼の困った顔を見て、また傷付くのは怖かった。

「私は？」

「……っ……な、なんでもないっ！　私、すごく元気だもの！　アレックス様の見間違いだわ。それよりも早く行かないと、遅れてしまうわよ。気を付けてね！　行ってらっしゃいっ！」

半ば強引にアレックスを仕事へ送り出した。

私って笑顔を作るのが下手なのかしら……。

屋敷の中へ入り、忙しそうに働くエレナを見つけて話しかける。

「エレナ、おはよう。あの、聞きたいことがあるのだけど、今大丈夫かしら？」

「ええ、もちろんですわ。どうなさいました？」

エレナは手を止め、にっこりと微笑んでくれた。

「……あの、私の今日の笑顔って不自然？　元気がなさそうに見える？」

「いいえ？　とてもお元気そうに見えましたが？」

青い瞳がくりくりと丸くなり、首を傾げられると二つに結んだブロンドの髪が揺れる。

「そう……ありがとう。えっと、お仕事の邪魔をしてごめんなさい。じゃあ、私部屋に戻るわね」

エレナはとても正直だし、本当に不思議そうな顔を向けられたことから、お世辞を言っているとは思えない。他のメイドにも話しかけて聞いてみたけれど、答えは皆同じだった。

アレックスだけが、ブリジットの変化に気付いてくれる。それはなんだか特別な女の子だと言って貰えているような気がして、沈んでいた心が少しずつ浮上していく。

私って単純だわ……。

嬉しいけれど、気苦労という鎧を着ているアレックスに、これ以上心配をかけたくない。彼が帰って来るまでに心から笑えるようになろうと、ブリジットは極力暗いことを考えないように努めた。

◆◇◆

「ただいま」

「おかえりなさい！　……あら？　すごい大荷物ね。一体どうしたの？」

その日アレックスは、両手にたくさんの箱を抱えて帰って来た。

小さな箱から大きな箱まで種類は様々で、どれも可愛らしいラッピングで彩られている。

ブリジットの部屋にある大きなテーブルは、あっという間に可愛らしい箱でいっぱいになった。

「土産だ」

「嘘……！　こ、こんなに？」

「ああ、開けてみるといい」

箱の中身は薔薇の砂糖細工が乗ったケーキ、チョコレートでデコレーションされた星形のクッキー、パステルカラーのハート形のマカロン、中に葡萄や苺のジャムが入ったチョコレート……全てブリジット好みの可愛らしい形をした甘いたくさんのお菓子だった。開けても開けても、開け終わらない。たくさんのお菓子がブリジットの瞳を輝かせる。

「わあ、すごいっ！　こんなにたくさんのお菓子、本当に貰っていいのっ⁉　可愛い！　これはお花の形で、あっ！　こっちは動物の形だわ。食べるのが勿体ないくらい可愛いっ！　でも、食べたいし……というか、どうして急にこんなにお土産を買ってきて下さったの？」

きゃあきゃあ騒いでいると、アレックスが口元を綻ばせる。

「今朝、元気がないようだったからな」

私を心配して……？

これだけのお菓子を買い集めるのは、どれほど大変だっただろう。感激のあまり、涙がこぼれそうになる。

「アレックスお兄様、ありがとうっ！　本当に嬉しいっ」

つい呼び方が昔のように戻ってしまったけれど、今朝のような作り笑いではなくて、本当の笑顔がこぼれた。それにつられたアレックスも優しく微笑んでくれた。

「やはりお前の元気がない時には、菓子だな」

「え？」

「小さい頃から、元気がない時には甘い物を贈ると喜んでくれていただろう？　お前は昔からちっとも変わらない」

ぽんぽんと頭を撫でられ、ブリジットは大喜びしてしまったことを早くも後悔する。

し、しまったわ……この喜び方は思いっきり子供じゃない！

百歩譲っても、千歩譲っても、子供……どう見ても子供だ。

ああ、なんたる失態……。

「あ、あのっ……お菓子よりも、もっと元気が出るものがあるのだけど……おねだり、してもいい？」

「ああ、なんだ？」

ブリジットはドレスの上から早鐘を打つ心臓を押さえ、ケーキの上に乗っている苺のように真っ赤な顔で、じっとアレックスを見つめる。

勇気を出すのよ……！　私っ！

「唇に口付けして欲しいの。そうしたら、もっと元気が出るわ」

あまりに恥ずかしすぎて、箱の中に入っているケーキに顔面を突っ込みたくなってしまう。

「それは……」

「お願いっ！」

先手必勝！　断られるよりも先に、言葉を被せる。するとアレックスは一瞬視線を逸らし、またブリジットへ戻す。

「では、目を瞑って」

「……っ！　は、はいっ！」

本当にしてくれるの……!?

恥ずかしいけれど、飛びあがりたいくらい嬉しい。ブリジットは神へ祈るように両手を組み、ぎゅっと目を瞑って顔を上げた。

すると唇に何かを押し当てられる感触を覚え、心臓が飛び出そうなぐらい高鳴る。でもすぐにそれが唇の感触ではないことに気付いて、ぱちっと目を開く。

「むぐっ？」

唇に押し当てられていたのは、マシュマロだった。

「俺の唇よりも、お前にはこっちの方が嬉しいだろう？」

「なっ……ま、またそうやって子供扱いして……っ！　私は本気で……むぐっ！」

マシュマロを押し込まれ、抗議の言葉は封じられてしまう。

ブリジットの想いは空回りしてばかり……。

甘いマシュマロを口に入れられたはずなのに、なぜかほんのちょっとほろ苦く感じて、咀嚼《そしゃく》もそこそこにして、ごくんと呑み込んだ。

◆◇◆

もし私じゃなくてお姉様が元気をなくしていたら、お菓子じゃなくて口付けで元気にしてくれていたのかしら……。

その日の夜――ブリジットはそんな後ろ向きなことばかり考えてしまい、なかなか寝付くことができなかった。外の天気はブリジットの心の中を表すように荒れているらしく、窓を叩くような雨の音や、木々を折ってしまうような激しい風の音が聞こえてきている。

今朝はよい天気だったけれど、アレックスが帰って来て一時間ほど経ってから急に天気が変わったのだ。彼が帰って来てからで本当によかった。こんな天気の中帰ってくることになっては、屈強な彼でもきっと体調を崩していたに違いない。

寝返りを打つと、眠っても精悍さを失わないアレックスの美しい横顔が視界に入り、心臓が大きく跳ね上がる。今はどんな夢を見ているのだろう。

また、お姉様の夢を見ているの……？

痛む胸をナイトドレスの上から握った瞬間――窓の外が光って、数秒遅れてゴロゴロと大きな稲妻の音が響いた。

「きゃあっ……！」

悲鳴を上げ、思わず隣にいたアレックスに抱きついた。彼の身体が揺れるのがわかって、ぎくりとする。

あっ……！　ど、どうしよう。起こしちゃう……っ！

雷が怖いなんて知られたら、また子供扱いされてしまうに違いない。

慌てて離れようとしたけれど、また分厚いカーテンを透かすほどの閃光と大きな稲妻の音が聞こえて、恐怖のあまり離れられない。

「……っ！」

ああ、もう完璧に起こしちゃったわ。

咄嗟に瞑った目を恐る恐る開くと、アレックスの瞼は開いていない。目の前で手をひらひらさせても、開く気配は全くない。

あら……？

どうやら彼はとても深く眠っているらしい。落雷の音や激しい風の音、そしてブリジットがしがみ付いていても悲鳴を上げても全く起きる気配がない。先ほどもうたた寝をしていたし、かなり疲れているのだろう。

どうか起きないで……。

触れた場所からアレックスの温もりや香りが伝わってきて、心臓が騒ぎ出す。

ステラの名を呼ぶ彼を思い出すと、胸が焼け焦げそうになる。

こんな近くにいても、アレックス様の心はここにはないのね……。

いつもは心の奥底に押し込めて隠してある、彼に対しての激しい気持ちが、雷の衝撃で動き出し、浅い場所へ出てきてしまう。

好き……大好き……。

ブリジットは身体を起こし、アレックスの美しい顔をじっと見下ろす。きゅっと結ばれた唇から視線が離せない。

全てが愛おしくて、触れたくて、自分のものにしたい……。

お願い、私を見て……。

雷鳴に煽られるように、彼への気持ちが大きくなっていく。

「ごめんなさい……」

そうして次の落雷と共に、ブリジットはアレックスの唇を奪っていた。

すぐに身体を起こし、両手で自身の唇を押さえる。心の中が罪悪感で満ちていって、鼓動がさっきとは別の意味で速くなる。

「……っ」

私、なんてことをしてしまったの……！

第二章　背徳感の海に溺れて

アレックスの唇を奪った夜——ブリジットは罪悪感から一睡もできなかった。

嵐のような酷い天気は夜明けと共に落ち着き、それと同時にブリジットは心の中に……罪悪感とは別の感情が生まれていたことに気付く。

同意の上ではなかったけれど、あの一瞬——アレックスを自分の物にできたような……心の中が満たされた気がしたのだ。

私ったら、なんて子なの……。

罪悪感で自分を責めながらも、気が付けばアレックスの感触が残る唇を指先で弄ってしまう。

触れた瞬間、大きくなりすぎてこれ以上は大きくなれないと思っていたアレックスへの気持ちが、更に膨れたのを感じた。

アレックス様……大好き……もっと……もっとアレックス様を知りたい……。

——それからというもの……ブリジットは毎夜、アレックスが寝静まったのを見計らって唇を奪っていた。

「ん……」

唇を押し付けるだけの拙い口付けだったけれど、柔らかくて温かい彼の唇の感触が伝わってくるたびに血液が燃え上がり、いつの間にかぽっかり空いていた心の穴が、何かで埋まっていくような気がしていた。

あの日だけ偶然眠りが深いのかと思っていたけれど、そうではなかったらしい。アレックスは騎士団をまとめる過酷な役職に就いている疲労からか、夜はいつも眠りがとても深いようだ。そのおかげで毎夜唇を奪っていることに、彼は気付いていない。

——また、アレックス様と口付けがしたい……。

気が付けば罪悪感よりもはしたない欲求が勝って、頭の中をいっぱいにしていた。

「ブリジット?」

「え?　あっ……アレックス様、いつの間に……っ」

いきなり現れた大好きな人の姿に驚き、持っていたクッキーを落っことしそうになった。アレックスは宙に舞ったクッキーを見事に受け止めると、テーブルの上にある精緻な飾りのついたガラス皿に置いて、ブリジットの前に跪《ひざまず》く。

「ああ、ただいま。何度かノックしたが、気が付かなかったか？」

　自室のソファに座り、アレックスから元気が出るようにと貰ったお菓子を寛ぎながら食べていたら、いつの間にかまたはしたないことを考えてしまっていたようだ。

　しかも彼が帰って来たことにも、部屋に入って来ていたことにすら気付けなかった。結婚してから欠かさずお出迎えをしていたのに、なんたる失態……！

　いつもならすぐに着替えて入浴を済ませるアレックスだったが、いつもなら出迎えるブリジットが来なかったことを心配したようで、マントや甲冑を着けたままだ。

「お、お帰りなさい！　お出迎えに行けなくてごめんなさい！　私、ついぼんやりしてしまって……」

「いや、構わない。何かあったのではないかと心配したが、そうではなかったようだな。安心した」

　アレックスは小さく微笑むと、ブリジットの髪を優しく撫でてくれた。はしたないことを考えて、妻としての務めを忘れるなんて最低だ。自己嫌悪していると、彼が『そういえば』と言葉を続ける。

「先ほど、アーウィン邸へ寄って来た」

「家に？　どうして？」

「ああ、ステラの件で、何か進展があったかを聞きに……な」

心臓が嫌な音を立て、背中に冷たい汗が流れる。

やっぱり、お姉様の行方が気になるのね……。

ブリジットも、大事な姉であるステラの行方は確かに気になる。でも、行方が見つかるということは連れ戻されるということだ。それはステラにとっても、ブリジットにとっても、大好きな人との生活が終わるという意味を持つ。安易にステラがどこにいるのか、なんて言えなかった。

「どう……だったの？　お姉様は、見つかった？」

「いや、まだ進展はないそうだ……」

「そう……」

ステラが見つかったら、アレックスはどうするつもりなのだろう。何とも思っていないないブリジットとは離婚し、彼女を妻に迎えるつもりなのだろうか。

家出してまで恋人と一緒になったステラを連れ戻すなんてあんまりだ。自分のこと以上に、ステラのことが気になって堪らない。父は一度他の男性を受け入れた彼女はルーベンス伯爵家にふさわしくないから嫁がせないと言っていたけれど、優しいアレックスならそのようなことは言わないだろう。

嫌……お姉様を悲しませるようなことをしないで……それに私、アレックス様と、別れたくない……。

彼にとっては望まない結婚であっても、ブリジットにとっては夢のような話だったのだ。

思わず俯くと、アレックスはまた頭を撫でてくれた。

「大丈夫だ。もちろんこちらもできる限りの手を尽くしている。ステラは必ず見つかる」

心の中がぐちゃぐちゃで、どう答えたらいいかわからなかったブリジットは、涙を堪えて俯くことぐらいしかできなかった。

◆◇◆

「おやすみ、ブリジット」

「はい、おやすみなさい」

アレックスと共にベッドへ入り、目を瞑りながら彼が先に眠るのを待つ。

夜になるのが待ち遠しくて堪らなかった。アレックスと会話を交わす時間も大切だったけれど、彼を独占できるのは夜しかない。昨晩埋めた心の穴は、翌日になるとまたぽっかり空いているのだ。

早くアレックス様に触れたい……。

彼が寝息を立て始めたら目を開けよう……そう思っていたのに、毎夜遅くまで起きているせいか、いつの間にか彼より先に眠りへ落ちていた。

「……っ！」

短い時間の中――悪夢を見たブリジットは、声にならない悲鳴を上げて飛び起きる。心臓が嫌な音を立て、冷たい汗が全身にじっとり浮き上がる。

彼の唇を何度も無断で奪った罰が当たったのだろうか。それとも恐れが夢に色濃く出たのだろうか――アレックスと離婚する夢を見た。彼はブリジットと離婚すると、ステラの行方をすぐに突き止め、ステラと婚姻を結んだ。恋人と引き離されて涙する彼女を見て、夢の中のブリジットは嫉妬の炎に燃えて、最低で醜い罵倒をした。

『酷いわ！　どうして帰って来たの？　お姉様が帰って来なければ、アレックス様の妻のままでいられたのに……っ！』

なんて、なんて最低なの……！

それともこれがブリジットの隠している本当の心なのだろうか――。ブリジットはぶるぶると首を左右に振って、ブランケットに顔を埋める。

違う！　そんなはずないわ！　だって私……お姉様のことが大好きだもの……！

そう心の中で叫んでも、こんな夢を見てしまった罪悪感で胸の中が苦しくて仕方がない。

苦しい……息をしているのに、していないみたい……。

新鮮な酸素を求めるようにブランケットから顔を上げると、隣で眠るアレックスの顔が視界に入る。

——あ……。

アレックスの顔を見た瞬間——胸の中が綺麗に透き通っていくのを感じ、強張っていた表情からすぅっと力が抜けた。

彼の形の良い唇にちゅっと口付けを落とすと目の奥が熱くなって、心の中に満ちている透明な何かが熱くなっていくのがわかる。

その口付けでやっと、悪夢から目を覚ますことができた気がした。

いつもは唇を何度も押し当てるだけで止めていたのに、今日はなぜか想いが溢れて止まらない。もっと深く……もっともっとアレックスを感じたくて堪らない。

こっそり読んでいたロマンス小説では、唇と唇を合わせる口付けの他に、舌を絡め合ってする情熱的な口付けをする描写があった。舌と舌を使えば、唇と唇を合わせるより更に愛を深められるらしい。

それでも驚いたのに、その他にもお互いの乳首や性器を刺激し合う過激な描写まであって、全く理解ができなかったブリジットはフィクションの世界だと思いこんだ。けれどその小説を借りた親しい友人から、確かにこの小説はフィクションだけど、この小説に記述されている行為は実際の男女が行うことだと聞いて卒倒しそうになったことを思い出した。

もっと深くアレックス様を感じたい……でも、起きてしまう……かも。

それに深い口付けの仕方が、全くわからない。今ですらアレックスの高い鼻にぶつからないように口付けをするので精一杯なのだ。

今日もアレックスの眠りが深いことを確認したブリジットは、迷った末に我慢するのを止めた。

精悍な顔にそっと近づき、味見するようにちろりとその唇を舐めてみる。すると舌先に柔らかな感触を感じ、心臓が大きく跳ね上がる。

何？　この気持ち……。

まるで大きなプレゼントを見つけて、こっそりラッピングを開いている途中にも似た昂揚感だった。背徳感と昂揚感がせめぎ合い、好奇心へのスパイスとなる。

もっと……もっと……アレックス様に触れたい……。

「ん……っ」

ロマンス小説の内容を必死に思い出し、ブリジットは彼の唇を唇で挟みこんだり、舌で舐めたりした。

どうやって舌と舌を絡ませたらいいのかしら……絡めるっていうことは、アレックス様に舌を出して貰わなければいけないということ？

「んっ……！」

疑問に思いながらも続けていると、出した舌の先が偶然唇の割れ目に潜り込んでしまう。

嘘……！　ど、どうしよう！

咄嗟に引っ込めようとしたけれど、彼の舌の先に当たって思いとどまる。

あら？　これって、このまま動かしたら……舌を絡めることができるんじゃないかしら。お互い舌と舌を出して擦り合わせるのかと思っていたけれど、よく考えたら唇を合わせて舌を潜り込ませる方が自然な気がする。

恐る恐る舌を動かしてみると、彼の舌と自分の舌が擦れる感触に肌が粟立つ。

「ん……んん……っ」

何……これ……。

温かくて、ぬるぬるしていて、体験したことのない未知の感触が舌先に伝わってくる。

さすがにこれは……起きてしまうかも。

そう思いながらも舌が擦れる未知の感覚に夢中で、くっ付けた唇を離すことができない。

「……っ……ん……」

アレックスの身体がわずかに揺れ、唇からくぐもった声が聞こえて心臓が跳ね上がる。

どうしよう。やっぱり起こしちゃったんだわ……！

背中にじっとりと冷たい汗が流れた。眠っている間にこんなことをしていたなんて知られたら、いくら優しいアレックスでも軽蔑するに違いない。

心臓が嫌な音を立てながら、速くなっていく。けれどアレックスはそれ以上声を漏らすどころか、抵抗する様子すら見せない。

え……？

恐る恐る目を開いてみるけれど、彼の目は閉じたままだ。ほっと胸を撫で下ろし、起こさないよう遠慮がちに舌を動かしてみる。

これくらいなら……大丈夫かしら。もっと、大丈夫？

遠慮がちに動かしていた舌は、徐々に舌全体を使った大胆な動きに変化していく。

世の中の恋人や夫婦たちがどう深い口付けをしているかはわからないし、この動きが正解なのかもわからない。けれど肌が粟立って、気持ちいいと思うことだけは確かだった。

どうして……なの？

舌を擦っているうちに、触れると息が乱れるほど気持ちいい箇所があることを知った。

ブリジットは自分のそこを夢中になってアレックスの肉厚な舌に擦りつけ、息を乱す。

触れている箇所は舌なのに、お腹の奥が熱くなるのはどうして？

「ん……ふ……んんっ……ん……」

アレックスの眠りは相当深いらしい。咥内で舌を動かされているというのに、目を固く瞑ったまま起きる気配が全くない。

舌だけではなくて、別の箇所も舐めてみることにした。白い歯は陶器のようにつるつるしていて、彼の体温を吸収したようにわずかに温かい。

舌よりは、温かくないのね……。

歯茎を通り口蓋に舌先を伸ばすと、アレックスの身体がまた揺れる。

「……っ！」

ここはきっと敏感な場所なのね。いけない……あまり触れたら、本当に起こしてしまうかもしれないわ。

ブリジットの小さな舌は、更なる未知の場所を目指して奥に潜り込む。頬の内側の肉はとても柔らかくて、なんだか不思議と可愛く感じる感触だった。

でも、私はやっぱりこっちが好き……。

無防備な舌に再び自分の舌を絡めて擦りつけると、とろけるような感覚が訪れる。

「ン……ふ……んん……」

チョコレートやキャンディに舌が擦れた時には、こんな感覚にはならなかった。どうしてこんなにも気持ちよくて堪らないのだろう。お腹の奥が痺れて、そこに新しい心臓が生まれたみたいだ。どくどくと鼓動を刻み始め、なぜか足の間にある秘めたる場所が切なく疼いて、甘い吐息がこぼれる。

咥内を堪能していると、舌の根元が引きつってきて少し痛くなってきた。どうやら舌を伸ばしすぎてしまったようだ。思えばこんなに舌を伸ばしたのは、生まれて初めてのことかもしれない。

痛みを感じなければ、いつまでもこうしてアレックスの咥内を蹂躙しているだろう。我慢が利いてちょうどいい……今は深く眠っているかもしれないけれど、いつ浅くなるかわからない。

後ろ髪を引かれながらも、ブリジットが小さな舌を自分の中へ戻そうと引いたその時、アレックスの舌が動いた。

「ん……っ!? ぁ……む……っ……」

彼の舌が唾内に潜り込んできて、あっという間にブリジットの小さな舌を捉える。ついに起こしてしまったのかと思って目を見開いたけれど、彼の目は閉じたままだ。

まだ眠っているのかしら? で、でも、舌が動いて……。

「んんっ……ん、ぅ……」

起きているのか、眠っているのかわからない。でも、アレックスの舌がお返しと言うようにブリジットの唾内を貪り始め、何も考えられなくなってしまう。

彼の長い舌に口蓋をくすぐられると、身体がびくんと大きく跳ね上がった。

「ン……っ……ぅ……んん——……っ……ふ……」

自分で勝手に彼の唾内を貪っていた時も気持ちよかったけれど、彼から責められるのはもっと気持ちいい。とろけた舌を搦め捕られ、擦りつけられると頭が痺れて真っ白になってしまいそうだった。

ロマンス小説では受け入れるだけではなくて、お互いに舌を擦り合わせていたことを思い出し、ブリジットも拙い動作ではあったけれど自らも舌を動かす。擦れるたびに身体の奥に眠っている快感が磨き上げられ、研ぎ澄まされていくみたいだ。

咥内には唾液が溢れ、それと同時になぜか秘めたる場所が潤み出すのがわかった。

え？　ど、どうして？

力が抜けて、粗相をしてしまったのだろうか。狼狽しながら足と足を擦り合わせると、なんだかぬるぬるしている気がする。

それの正体に気が付くまでに、あまり時間はかからなかった。これがきっと男女が愛し合う時に必要だと言われている『愛液』というものなのだろう。家庭教師からいつか嫁ぐ時のためにと、性の勉強をした時に教えて貰ったことがある。

身体がアレックスを受け入れようと変化している——。そう意識したせいだろうか、また蜜が溢れるのがわかって、肌が粟立つ。

あ……っ！

溢れた唾液を飲み下そうと喉を動かしたけれど、アレックスに覆い被さる形で唇を奪っているので、どうしても垂れてしまう。

このままではアレックスの顔を汚すことになる。ブリジットは名残惜しさを感じながらも、アレックスの唇からようやく唇を離した。

重なっていた唇や擦り合わせていた舌が、じんと痺れて熱い……。

恐る恐るアレックスに視線を落とすと、その瞳は閉じたままだ。

寝惚けていた……のかしら？

彼が起きていないことに、ほっと胸を撫で下ろす。

アレックスの唇は、ブリジットの唾液で濡れていた。その様子がブリジットの罪悪感と背徳感をかきたて、それ以上に官能を誘う。

もっと奪いたいと思う気持ちをなんとか抑え、ブリジットは再び身体を横にする。

もう、駄目……これ以上は、本当に起きちゃうもの……。

何も知らずに唇を奪われたアレックスにそっと寄り添うと、優しくてどこか甘い香りが鼻腔をくすぐった。

アレックス様、温かい……。

ほっとして、でも……どきどきする。

さっきまで苦しかった胸の中は、もうこれ以上は入らないというぐらい情熱的な何かでいっぱいになっているのに気付く。

大好き。アレックス様……今だけは、私だけのもの……。

またいつの間にか眠りへ落ちたブリジットが次に見た夢は、起きた時には忘れてしまったけれど、とても優しい夢だった。

◆◇◆

「すごい雨……」

アレックス様は、大丈夫かしら……。

ある日の午後——ブリジットが初めてアレックスの唇を奪った夜のように、天気は大荒れだった。窓から見える空は黒々とした雲に覆われ、大粒の雨が地面を叩きつける。

もうすぐ彼が帰って来る時間だ。行きは馬だったけれど、帰りは馬車で帰って来てくれるだろうか。

そわそわしても雨が止むわけではないけれど、落ち着いていることができない。

気晴らしにどうかとエレナに勧められた刺繍もほとんど進まずに、結局は玄関ホールを意味もなく、そわそわぐるぐると回っていた。

近くで雷が鳴る音が聞こえ、どきっとする。

ふと、以前乗馬中に落雷を受けて亡くなった人がいるという話を思い出し、ブリジットは真っ青になった。

私の馬鹿！　不吉なことを考えちゃ駄目……！

嫌な考えを振り払おうと首を左右に振っていると、玄関の扉が開く。

「ブリジット？　どうしたこんなところで」

入って来たのは、鋼鉄の甲冑からマントまで全身ずぶ濡れになったアレックスだった。どうやら馬車ではなくて、いつものように馬を使って帰って来たらしい。

「アレックス様……！」

思わず駆け寄ると、濡れてしまうからと制されてしまう。

「どうした？　何かあったのか？」

「すごい天気だし、雷も鳴っていたみたいだから心配で……」

「ああ、そうか。心配をかけてすまなかったな」

アレックスは口元を綻ばせてブリジットの頭に手を伸ばしたけれど、指から水が滴り落ちそうになっているのに気付き、慌てて引いた。

「……と、濡れていたのを忘れていた。城を出た時まではここまで酷くなかったんだが、見る見るうちに大降りになってしまってな」

エレナがタオルを差し出すけれど、あまりに濡れすぎていて意味がない。

「早くお風呂に入って温まった方がいいわ。このままじゃ風邪を引いちゃう」

「ああ、そうしよう。ではブリジット、また後でな」

そう言ってアレックスは頭を撫でてこようとするけれど、寸前のところでまた苦笑いをして手を引っ込めた。

「はい、また後で……」

メイドに着替えを手伝って貰う貴族も多いそうだけれど、アレックスはいつも全てを自分で行っていた。普通の着替えならまだしも、濡れたマントや甲冑まであっては入浴するまでに時間がかかるのではないだろうか。

いったん見送ったものの、アレックスの部屋へ急いで扉をノックした。

「アレックス様、アレックス様」

「ブリジット、どうした？　何かあったのか？」

「あの、着替えるのでしょう？　部屋に入ってもいい？」

「何？」

両手に拳を作って意気込んだブリジットを見て、アレックスは切れ長の瞳を丸くする。

あっ……！　こ、言葉が足りなかったかしら。……うん、た、足りなかったわね。これじゃただ着替えに興味のある変な女の子みたいだわ！

「ち、違うの！　変な意味じゃなくて……そのっ……甲冑って着たことないからよくわからないけれど、着たり脱いだりするのが大変なのでしょう？　早く温まらないと本当に風邪を引いてしまうから、お手伝いをしたいと思って……」

甲冑はとても大きいし、重そうだけど、頑張ればきっと持てるはずだ。

「……ああ、いや大丈夫だ。ありがとう、気持ちだけ受け取っておこう。お前は本当に優しい子だな」

「でも、早くしないと……」

「いや、気持ちは嬉しいが、子供に手伝って貰うわけにはいかない」

その言葉に胸が痛んで、唇を噛んだ。

また、子供扱い……。

「私、子供じゃないわ。十六歳だもの！　立派な大人よっ！」

結婚指輪をはめた左手をマントに伸ばしたけれど、あっさりかわされてしまう。

「俺にとってお前は、何歳になろうとも子供で、可愛い妹のようなものだ」

それはお前がどれだけ頑張っても好きにならない、全て無駄な努力だ、と言われているように思えて、頭にかぁっと血が上った。

「き、既婚者は、子供とは言わないわ。それに妹っていうのはおかしいと思うのっ！　昔はそうであっても、今の私は……つ、つ、……妻なんですもの！」

むきになればなるほど子供じみているように見えるとはわかっていても、言わずにはいられなかった。

「口付け……だって、……そ、その先だって……してもおかしくない関係……だわっ！

うぅん、しない方がおかしいぐら……」

「……もう言わなくていい、ブリジット。この結婚は……事故のようなものなんだ。そんなことは考えなくていい」

「事故……？」

「ああ、お前は結婚をしたことで色々と気負っているようだが、俺を無理に夫と見なくていい。名前は変わってしまったが、俺とお前の関係は何も変わらない」

私との結婚は、アレックス様にとって事故なの？

「……安心していい。大切なお前を一生俺の妻にしておくつもりはない。必ず解放するから、どうか待っていて欲しい」

アレックスはタオルで念入りに手を拭うと、優しく頭を撫でてくれた。ブリジットが驚愕して言葉を紡げずにいる間に彼は扉を閉め、また着替えに戻ってしまった。

「……っ……」

締め出されたブリジットは自室へ走り、扉を閉めた瞬間その場で崩れ落ち、悔し涙をこぼしてしまう。

私にとっては、事故なんかじゃないわ……！

「アレックス様の馬鹿……っ！　馬鹿……馬鹿っ……大嫌い……っ！」

どこかで希望を持っていたかった。ステラの代わりといえど結婚したのだから、いつかは愛が芽生えて、本当の夫婦になれるのだと――。

「……大嫌いっ……！」

けれどそれは、ブリジットの恥ずかしい勘違いだった。やっぱりアレックスはステラを忘れてなどいない。いや、夢で見るほど愛しているのだから、そんなステラの代わりになれると思ったことの方が間違いだったのだ。

やはり彼は必ずステラを連れ戻し、ブリジットと離婚すると同時に彼女を妻にするつもりなのだろう。

──大嫌いって言って、大嫌いになれたらいいのに。

「……そんなの……嫌……」

愛する恋人のもとへ行ったステラもいざ連れ戻されてしまえば、アレックスの真っ直ぐで情熱的な愛情に触れて、気持ちが動くかもしれない。少しずつ少しずつ惹かれて、いつかは真実の愛になるかもしれない。

『この結婚は……事故のようなものなんだ』

『大切なお前を一生俺の妻にしておくつもりはない』

アレックスの無情な言葉が、何度も何度も脳裏を駆け巡る。

大切なら、お願い……好きになってくれなくていいから、せめて傍に居させて……。


──その日の夕食は、ブリジットの好物ばかりだった。

全く食欲がわかなかったけれど、残しては心配させてしまうから必死に口へ運んだ。

ミディアムに焼かれた牛ヒレ肉には香草ソースがかけられ、サラダには夏野菜とぷりぷりの海老がたくさん。とうもろこしの優しい味わいが癖になるクリームスープに、バターをたっぷり使った焼き立てパン。それから甘い物好きのブリジットのために、デザートは何種類も用意されている。

いつもなら美味しく食べられるのに、アレックスの言葉がぐるぐる頭を回っているせいか、全部大嫌いなにんじんを食べているように思えた。

◆◇◆

悲しいことがあった時や、何も考えたくない時には、早く眠ってしまうことに限る。夢の中に居る間だけは、辛いことを考えなくていいから。たまに現実を引きずって辛い夢を見ることもあるけれど、その時はその時だ。たかが夢の中……現実で起きた辛いことに敵うはずがない。

早く……早く眠ってしまいたい。

——そう思っていたのに、なかなか寝付けない。

瞑っていた目を開くと、隣に無防備な顔をしたアレックスの姿。

彼の顔を見ると無意識のうちに言われたことを思い出して、胸がじくじく痛む。

アレックス様の馬鹿……っ……酷いわ……！

でも、その言葉を引き出させたのは――ブリジットだ。

アレックスは優しい。いつだって自分のことは二の次で、人のことばかり考える人だとわかっている。そんな彼に酷い言葉を引き出させたということは、相当追いつめてしまったのだろう。

私はいつだって身勝手だわ……。

優しさとは正反対。いつも自分のことばかりで必死……大人の女性として見て貰う以前の問題だ。自分の嫌なところばかりが気になって、散々泣いたのにまた涙がほろりとこぼれた。

「……っ……」

こぼれた涙をごしごし拭い、気合いを入れるように両頬を叩く。

自己嫌悪ばかりしていても仕方がないわ。

仮の妻だとしても、せめてその間は彼にふさわしい妻でいたい。

早く寝ないと、明日寝坊しちゃう……！

何度か寝返りを打つけれど鬱々した気分で胸がいっぱいで、なかなか寝付けない。楽しい気分になれる本でも読めば、少しは気持ちが晴れるかもしれないと身体を起こす。するとアレックスの姿に違和感を覚える。

あら……？

違和感の犯人は、彼の着ているシャツだ。ボタンをかけ間違えてしまったらしく、一つずつずれている。眠る前に少々他愛のない会話をしたけれど、目を合わせたら泣いてしまいそうで、ひたすら俯いていたから気が付かなかった。

「ふふ……」

アレックス様でも、こういう間違いをするものなのね。

恋とは不思議なものだ。まだ胸の中は悲しさでいっぱいだけど、いつも完璧なアレックスの少々間の抜けたところを発見できたのが素直に嬉しい。

起こさないようそっとブランケットを引き下げ、ボタンに手を伸ばす。けれどぴくりともしない。今日も彼は相当眠りが深いようだ。

一つずつ外していくと鍛え上げられた胸板や腹筋が現れ、頬が熱くなった。月明かりのせいだろうか。なんだか淫靡に見えて仕方がない。早くボタンを留め直さなければと思いながらも、指が動かせなくなり、視線が離せなかった。

次第に触れてみたいというはしたない欲求が生まれ、心臓がそんな考えを責めるようにどくどくと脈打つ。いや、煽っているのかもしれない。

一度勝手に唇を奪うという壁を越えているせいか、ブリジットの心は意外にも早く勇気を出し、欲求を満たそうとしてしまう。

恐る恐る指先を伸ばし、その肌に触れた瞬間――心が昂《たかぶ》って血液が沸騰しそうになった。

人間って不思議……男性と女性で、こんなにも違うなんて。

自分の身体とはまるで違う。無駄な肉が全くなくて、胸もお腹も不思議なくらい硬い。

ぷにぷにの自分のお腹を触ると、ちょっとだけ悲しくなる。

もっと触っていたいと思いながらも、思いとどまってボタンを留めようとシャツに手をかけたその時、淡い色をした胸の頂《いただき》が視界に入った。

これは私と同じ……。

はしたないと思いながらも、手を伸ばす。指の腹でそっと撫でると、アレックスの身体が小さく跳ねる。

「……っ！」

「あ……っ」

起こしてしまったかと真っ青になった。手を引っ込めて、どきどきしながらアレックスの動向を確かめる。けれど彼の瞼は開かない。どうやらまだ眠っているらしい。

よ、よかった……。

もう止そう……そう思いながらも、ほんの一瞬だけ触れた頂の可愛らしい感触が忘れられなくて、またそっと手を伸ばす。

あと少しだけ……。

その感覚は、とても夢中になれる本を見つけた時に似ている気がした。どきどきわくくしながら寝る前に開き、話にのめり込む。もう読むのを止めなければ翌日に響くとわかっていても、夜更かししたことを父に怒られるとわかっていても、好奇心が勝って、止められない。あともう少し……もう少し……と思いながら指を進め、最後まで読まないと気が済まないのだ。

薄く色付いている乳輪に触れると、ふにゅ……と柔らかい。胸板は鍛えられても、ここは鍛えられないらしい。柔らかくて可愛い感触だ。

彼が深く眠っていることをいいことに、ブリジットはふにゅふにゅとその感触を楽しみ続ける。すると先ほど一瞬だけ触れた頂が乳輪と一緒にぷくりと膨れ、ツンと尖った。

どうして硬くなるのかしら、不思議……私のもこうしたら、硬くなるのかしら……。

彼の指で触れられることを想像したら、鼓動が速くなっていく。

尖りを指の腹でくりくり転がすと、アレックスが吐息を漏らすのがわかった。

あら……？

起こさない程度に力を緩め、可愛い尖りを押し潰したり、ほんの少しだけ摘んでみることを繰り返すと、彼が指の動きと同じくわずかに身をよじらせる。

くすぐったい……のかしら？

幼い頃、悪戯でアレックスの身体をくすぐったことを思い出す。抱きつくふりをして、すかさず脇腹をくすぐるのだ。両親や姉は大笑いして、涙を浮かべるぐらいくすぐったがっていたけれど、アレックスだけは微笑ましいといった様子で唇を綻ばせるだけで、別にくすぐったくなかった様子だった。

我慢していただけで、本当はくすぐったがり屋なのだろうか。

でも、両親や姉と違って、大笑いする様子は全くない。唇からこぼれる吐息は妙に艶やかで、聞いているとお腹の奥を揺さぶられるような声だ。

ロマンス小説では男性が女性の乳首をこうして愛撫し、快感を与えていた。男性が女性を愛撫する描写しか見たことがないけれど、もしかして男性も乳首を弄られると気持ちいいのだろうか。

アレックス様は……今、どんな感覚なの？

両方の尖りを夢中になって弄っていた次の瞬間、ブリジットは逞しい腕に攫われ、ベッドに引きずり戻されていた。

へ……!?

一瞬何が起きたのかわからなかったけれど、瞬きを数回する間に事態を把握する。どうやらアレックスに抱きしめられたらしい。彼の逞しい腕が、ブリジットの細い身体にがっしりと絡んでいた。

目の前には彼の身体ではなくサイドテーブルが見えるので、後ろ向きに抱きかかえられているようだ。

今度こそ本当に起こしてしまったと冷や汗が流れる。でも、いくら待とうとアレックスは何も言わない。後ろ向きに抱きしめられているから見えないけれど、まだ眠っているのだろうか。

ううん、絶対眠っているわ。

だって起きていたとしたら、あんなはしたないことをされて、何も言わないわけがない。こうなったのは単に寝相が悪かったからなのだろう。

アレックス様も寝相が悪い時があるのね。……かっこいいけどかわいいわ。

嬉しい……。

ずっと、ずっとこうして抱きしめていて欲しい……。

幸せで涙が出そうになっていたのも束の間――ブリジットは間もなく大混乱することになる。なぜならアレックスの手が動き始めたからだ。

「え……？　あっ……ひゃっ……」

彼の無骨な指先が、細い首や鎖骨のラインを妖艶になぞる。

な、何……？　どうなっているの？

突然のことに狼狽していると、胸元のボタンをあっという間に外され、乱されたナイトドレスから豊かで張りのある胸がぽろりとこぼれた。

「あっ……だ、だめっ」

慌ててボタンをはめ直そうとするブリジットの手の動きよりも早く、大きくて逞しい手が両方の胸を包む。

嘘……！

大好きな人の手が自分の胸を包みこんでいる姿が視界に飛び込んできて、ブリジットは頬を燃え上がらせた。

い、一体どうなっているの？

大きな手が胸の柔らかな感触を確かめるように動き始め、ブリジットは彼の指の動きと一緒にびくびく身悶えを繰り返す。

「きゃうっ……ア、アレックス……様っ……？」

やはり起きているのだろうか。でも、返事がないし、そもそもどうしてこんなことをするのかわからない。だってアレックスはステラを愛するあまり、ブリジットに口付けすらしてくれなかった。肌に触れてくるなんて有り得ない。

もしかして、寝惚けているの……？

無骨な指が胸に食い込むたび、肌がぞくぞく粟立つ。指の間からは豊かな胸がはみ出て、信じられないくらい形を変えていた。

「ぁっ……や、やんっ……」

小さな尖りが硬い手の平に擦りつけられ、ツンと尖る。手が動くと変化し始めた乳首がちらちら見えて、息を呑んだ。

あ……わ、私も……アレックス様と同じように硬くなっているわ……。

アレックスは指でそれを探ると、先ほどブリジットがしたように指の腹で転がし始めた。

「ひぅっ……!? あっ……だ、だめっ……そこ……あ……っ……やぁんっ……ぁっ……ぁあっ」

小さな乳首が指に擦れて、こりこり転がる。甘い快感が尖りを通って全身に行き渡り、秘裂の間はいやらしい蜜液でぐっしょりと濡れていく。

自分の声ではないような淫らな声が、喉を突いて止まらない。

アレックス様の手が……指が……私の胸にいやらしいこと……してる。

そう、これは恋焦がれていたアレックスの手なのだ。

こうして抱きしめてくれているのはアレックス……胸を淫らに揉みしだいて、乳首を転がしているのはアレックス……。

そう意識するとなおのこと気持ちよくなってしまって、ブリジットはびくびく身悶えを繰り返す。

小さくて何も知らない乳首は、彼の無骨な指によって快楽を教え込まれていく。こりこり転がされていたと思えば、どれだけ尖ったのかを確かめるようにきゅっと摘まれ、そのたびにブリジットは真っ白な波のような何かに攫われそうになるのを感じていた。

「あ……ン……はぁ……んぅ」

攫われたらきっと、もっと気持ちよくなれる……。

知らないはずなのに、どうしてそんなことがわかるのだろう。これが人間の本能なのだろうか。

ここを触られると、こんなにも気持ちいいなんて知らなかった。

アレックス様はくすぐったいのではなくて、私と同じく……気持ちよくなってくれたのかしら……。

きっとそうだ。艶やかな吐息をこぼしていた意味がやっとわかった。

「あっ……あぁ……だ、だめぇ……っ……んんぅ……あっ……ン……っ」

気持ちよくなってくれていたのなら、もっともっと触りたかった。アレックスと形だけでも夫婦でいられる間――彼に気付かれず自分を刻みこみたい。できることなら、今すぐに……。

でも、彼は離してくれない。ブリジットの胸を何度も何度も揉みしだき、小さな乳首を指先で弄び続けている。

ブリジットの秘部は蜜で溢れかえり、内腿までもぐっしょりと濡れてしまっている。乳首に触れられるたび、花びらの中にある敏感な場所がむずむずと疼く。

どうして……？

恥ずかしいそこも、触れて欲しくて堪らなかった。

ロマンス小説ではそこに触れると、さらなる刺激が得られるような描写があったけれど、あれは本当にフィクションではないのだろうか。友人にからかわれているのではないだろうか。そう疑っていたけれど、きっと……ううん間違いなく気持ちいい……だって、こんなに疼いているのだから。

「ン……ぅっ……は……ぁ……っ……アレックス……さ、ま……っ……アレックス……さまぁ……」

アレックスの指で触れられることを想像したら、お腹の奥が激しく疼いて涙が滲む。

こんなに声を出しては……駄目……。

起きたら、もうして貰えなくなる。

嫌……もっと……もっとして欲しいの……アレックス様の指で……いやらしいことを……して欲しい……本当の夫婦みたいに……！

ブリジットは両手で唇を押さえ、必死に声を殺す。

「ン——……ふ……っ……ン……んんっ……ふ……」

息苦しいけれど、それ以上の快感が身体の中を駆け巡っていった。

どれほどの時間、アレックスに胸を可愛がられていたのだろう。

頭が——全身が痺れるような——甘美な刺激……。

ずっとこの感覚を味わっていたら、死んでしまいそうな……でも、それでもいいから与えて欲しいような……不思議な感覚。

「んんっ……ぅ……ふ――……っ……」

弄られて敏感になりすぎた乳首を少し強めに摘まれた瞬間――ブリジットは待ち望んでいた白い波に初めて攫われ、嬌声を上げた。

◆◇◆

朝の身支度を整えながら昨日のことを思い出すと、蒸気が出そうなほど顔が熱くなる。

「うぅ……っ」

寝惚けたアレックスによって初めての絶頂という感覚を体験したブリジットの身体は、少女から大人へ……めまぐるしく成長しているようだった。

「あ……」

「おはよう」

食事へ向かうと、すでにアレックスがテーブルについていた。

「……お、おはよう」

アレックスの唇を見るだけで甘い吐息がこぼれ、ブリジットの胸を揉みしだいた大きな手を見るだけで、お腹の奥が変になってしまう。ドレスの中で摘まれた乳首がちりちり尖っていくのを感じ、唇を噛む。

昨日は本当に気持ちよかった……。

アレックスも眠っていたけれど、ブリジットの拙い動きで気持ちよくなってくれたのだろうか。

ブリジットは一方的にアレックスを刺激し、アレックスは寝惚けながら一方的にブリジットを刺激した。世の中の恋人や夫婦たちは一方的ではなく、合意のもとで愛を囁きながらお互いの身体を求め合うのだと考えたら、羨ましくて堪らない。

もしいつかそうなれたら、どんなに幸せなことかしら……。

アレックスと愛を確かめ合いながら触れ合うことを想像したら、お腹の奥がきゅんと疼いた。

「ブリジット、ぼんやりしてどうした？」

「えっ⁉　あ……っ……ご、ごめんなさい……っ……ちょ、ちょっと寝惚けてしまったみたい。あ、あの、もう一度言って貰ってもいい？」

ああ、私なんてはしたないことを考えているの⁉　は、恥ずかしい……っ！

「どこか具合が悪いのか？」

「う、ううんっ……違うのっ……！　元気っ……！　元気よっ！」

「そうか、それならいいが……今日は遅くなりそうだ。すまないが先に食事をとって、眠っていてくれるか?」

「わっわっわかったわ。お仕事、頑張ってねっ!」

本当ならどんなにお腹が空いてもいいから、待っていて一緒に食べたい。どんなに眠くても、アレックスを待っていたい。けれどそんな駄々を捏ねては、優しいアレックスに気を遣わせてしまうから我慢をして笑顔で答えた。

明日の朝までアレックス様と会えないのね……。

寂しい。今日は長い一日になりそうだ。

「あっ……そうだわ。あのね、お願いがあるの」

「どうした?」

「今日、街へお買い物に行ってもいい?」

外出をすれば屋敷に居るよりは、時間の流れが早いかもしれない。街の可愛い雑貨屋や大好きなお菓子屋の新商品を想像すると、沈んだ気持ちが少しだけ浮上した。

「ああ、もちろん構わない。ただし、十分に気を付けて行ってくれ。……街なら供も必要だな」

「お買い物ぐらい一人で大丈夫だわ。もちろん馬車は出して貰うことになるだろうけれど……」

「いや、そういうわけにはいかない。エレナ、ブリジットに付いて行ってやってくれ」

本当に大丈夫だと言うブリジットの意見はあっさりと却下されて、買い物にはエレナが同行することになった。

「もう、アレックス様ったら……また、私を子供扱いして……！」

馬車の中——エレナを相手に、思わず愚痴を吐いてしまう。

「旦那様は可愛らしい奥様が心配なのですわ」

心配をするのは、たっぷりの愛情があるからだと慰めてくれるけれど、アレックスの愛情はステラのもので、ブリジットにはないのだ。

心の中でしょんぼりするものの、悟られないよう笑顔を作る。

メイド服を脱いだエレナは、紺の質素なドレスに身を包みながらも、とても美しかった。二つに結んでいる肩まであるブロンドの髪を下ろすと、いつもよりも大人っぽく見える。いつもはエプロンドレスで隠れている胸元は豊かに膨らみ、腰はきゅっと引き締まっていた。わずかに見える肌がとても艶やかで、大人の女性の色香を感じさせられるようだ。

「エレナって私と同じ歳だけど、全然違うのね。大人っぽくて素敵……」

「そんなことございませんわ。でも可愛らしくて素敵な奥様にそう言っていただけるなんて嬉しいです。ありがとうございます」

はにかんだエレナの頬はほんのり赤くなっていて、ブリジットは口元を綻ばせる。

エレナって綺麗で、でも可愛くて……少しお姉様に似ているわ。

きっと彼女なら素敵な男性からのお誘いが絶えないだろう。現に何人もの男性使用人が、てきぱきと仕事をこなす彼女を熱い視線で見つめていることをブリジットは知っている。

「あの、ね。エレナには、恋人はいる？」

「え？　え、ええっと……あの……はい……い、います」

エレナはさっきよりも更に顔を赤らめ、もじもじしながらも小さく頷いた。

いつもは仕事を完璧にこなし、物怖じする様子など微塵たりとも見せない彼女も、好きな人のことになれば別なのだと思うと、なんだか胸の中がぽわぽわ温かくなる。

こんなに綺麗で可愛いのだもの。お相手は絶対に夢中に決まっているわ！

恥じらうエレナが新鮮で、ついまじまじと見てしまうと、真っ赤になって俯く彼女の首筋に赤い痕が見えた。

「あら？　エレナ、首に赤い痕が付いているわ。虫刺され？　痒くない？」

メイド服は首元を隠すデザインなので気付かなかったけれど、赤いというよりは紫に近い。一体何の虫に刺されたのだろう。

せっかくの綺麗な肌だもの。痕が残らないといいけれど……。

「えっ……あっ……！　こ、これは……その……」

手で首元を押さえて狼狽し出すエレナの仕草を見て、それが虫刺されではないことにやっと気付いた。

「あっ！　ご、ご、ごめんなさいっ！」

わ、私の馬鹿……！

「い、いいえ、違うんです。その……」

馬車の中、真っ赤になった二人が沈黙する。先に口を開いたのは、ブリジットだった。

「あ、の……ね。ちょ、ちょっと質問なのだけど……その……」

「は、はい、なんでしょうか。奥様」

「男の人を気持ちよくする時って、どうする……の？」

再び沈黙が二人を包み、エレナが『えっ！』と、驚愕の声を上げる。

わ、私、何を聞いているのかしら……！

「へ、変なことを聞いてごめんなさい……っ！　わ、忘れて……っ！」

うっかりしていた。そんなことを聞いては、夫婦生活がないことを疑われてしまうかもしれない。目に見えるほど慌ててしまうと、頬を染めたエレナにくすくす笑われた。

「奥様は本当に旦那様が愛おしくて堪らないのですね」

「それは……その……」

「わかりますわ。やはり回数を重ねていくと、そのような悩みに達しますよね」

回数を重ねるどころか、ブリジットは一度も抱いて貰えていない。夜な夜な熟睡する無防備なアレックスを一方的に襲っていると知ったら、彼女はどう思うだろう。

「え、ええ、そうなの」

必死に話をあわせると、エレナが決心したようにブリジットの手を取った。

「あの、私……経験が少ないので、お役に立つことをお話しできるかわかりませんが……」

馬車が街に着くまで、エレナは真っ赤な顔をしながらも、大真面目に男性の気持ちよくさせ方を教えてくれた。実体験を交えての話はロマンス小説を読むより刺激的で、ブリジットは目の前がなぜかピンク色に染まっていくのを感じたのだった。

◆◇◆

「世の中には、私の知らないことがまだまだたくさんあるのね……」

ブリジットがぽつりと漏らした独り言が、真っ暗な寝室の中に響く。

食事や入浴をしている間もエレナの教えてくれた話が頭から離れず、ベッドに入った今も思い出してしまって頬が熱い。

どきどきして眠れないので、気晴らしに今日買ったファンタジー小説を読もうとしたのだけれど、目の前にあるのはロマンス小説だった。どうやら間違えて買ってしまったらしい。

どんな内容かしら……。

「ええっ⁉」

ぱらぱらめくってみると、今まで見てきたどのロマンス小説よりも刺激的な内容で、慌てて閉じ、自室へ走ってソファの下へ押し込め隠した。淫らなことを考えていたから、引き寄せてしまったのだろうか。

「ま、まさかよね」

街までわざわざ行って、こんないやらしい本を買ってきたことをアレックスに知られたら、恥ずかしくて死んでしまう。

再び寝室へ戻ってきてベッドに潜り込むと、エレナから教えて貰った話と、今少しだけ見たロマンス小説の内容が頭の中でぐるぐる回り、先ほど以上に頬が熱くなる。

こ、これじゃ絶対に眠れないわ……。

そう思ったものの、出かけて身体が疲れていたのか、しばらくすると眠りに落ちていた。

「ん……」

それからどれくらい経ったのだろう。ふと目を覚ますと、サイドテーブルに置いてある時計の針は深夜を差しているというのに、まだ隣にアレックスの姿がなかった。

もうこんな時間……アレックス様、まだ帰っていないのかしら……。

何気なく身体を起こすと、部屋の中に違和感を覚えた。

何……？

先ほどまで何もなかったはずのソファに大きな何かがあるのを発見し、心臓が大きく跳ね上がる。

「……っ!?」

な、なななな何……っ!?　何か居るっ!?

強盗？　それともこの世の物ではない何か？　どちらにしても恐ろしいし、こちらに気付かれたら大変なことになるに違いない。悲鳴を上げそうになる口を両手で押さえ、ブリジットは泣きそうになりながらも、目を凝らして様子を窺った。

あ、ら……？

それは強盗でもこの世の物ではない何かでもなく、ブランケットもかけず丸くなって横になっている大好きなアレックスの姿だった。昔見た絵本の中に出てくる熊のような寝方で、さきほどの恐怖などすっかり吹き飛び、笑いそうになってしまう。

どうしてソファで眠っているのかしら……。

そっと近づいてみるとすやすやと寝息が聞こえる。こんなところで眠っては……というより、こんなに丸くなっていては、背中が痛くなってしまう。それに夏が近いとはいえ、朝方は冷え込む。風邪を引いては大変だ。

「アレックス様、起きて？」

いつも口付けや身体に触れるくらいでは起きてくれないほど眠りが深いけれど、起きてくれるだろうか。肩を少しだけゆすって声をかけると、アレックスはすぐに目を開けてくれた。

「ん……どうした？」

いざとなったら誰かに手伝って貰ってベッドへ運ぼうと覚悟していたので、驚いた。ソファでの寝心地が悪くて、眠りが浅かったのだろうか。

「アレックス様、おかえりなさい。どうしてソファで眠っているの？」

「ああ、ただいま……ベッドに入っては、せっかく眠っているお前を起こしてしまうと思って……」

「えっ！　そ、そんなの気にすることないのに……」

胸が苦しい……。

今でもどうしていいかわからないくらい好きなのに、そんな風に優しくされたらもっと好きになってしまう。

「でも、結局は起こしてしまったな。そっと部屋に入ったつもりだったが、すまない。うるさかったか？」

「いえ、なんとなく目が覚めただけなの。気遣って下さってありがとう。早くベッドに入って？　こんなところで寝ては身体が休まらないわ」

アレックスは身体を起こすと、いつものように頭を撫でてくれた。

「ありがとう。お前は優しいな」

優しいのは、アレックス様の方だわ……。

優しくして貰えるのは嬉しい。でも、いつか離婚するつもりなら、うんと冷たくしていっそのこと嫌いにさせて欲しい。

ベッドに入ると、アレックスはまたすぐ眠りに落ちる。

おやすみなさい、アレックス様……。

無防備な寝顔を見ながら考えることは、この顔をいつまで見ていられるかということ——そう考えると、眠るのが勿体ない気がしてなかなか目を瞑ることができない。

ずっとこうしていられたらいいのに……。

胸が苦しくて、気が付けばアレックスの唇を奪っていた。

「ん……」

今眠ったばかりだし、まだ眠りが深くないかもしれないからほんの軽く触れるだけにしておこうと思ったのに、止められない。だっていつ別れられてもおかしくないのだ。こうして触れられるのは、今日が最後かもしれない。

「ン……ぅ……んん……」

恐る恐る唇で唇を食《は》むと、寝惚けた彼も口付けに応えてくれた。ブリジットの小さな舌を受け入れ、絡めながら擦りつけてくる。

起きて……いないわよね？

とろけそうになる瞼をこじ開け、何度も何度も彼が瞳を開いていないか確認して、唇を味わい続ける。

「は……む……んん……ン……ぅ……っ」

舌をちゅっと吸い上げられると、頭が真っ白になりそうになった。達する快感を覚えた身体は、たちまち花びらの間を潤ませていく。

昨日のように寝惚けながらも乳首を巧みな指使いで愛撫したり、こうして口付けに応えられるということは、アレックスは相当手馴れているのではないだろうか。

もしかしてもうお姉様と？　それともお姉様と婚約する前に、誰か別の方とも？

愛する人に触れられる快感と、胸が張り裂けそうになるほどの嫉妬で心の中がいっぱいになったブリジットは、アレックスの唇を味わいながらもそっとブランケットを避けて、シャツのボタンを外し、硬い筋肉の上にある唯一の柔らかな場所を指の腹で撫でた。

「……っ……」

アレックスの身体が小さく揺れるのがわかったけれど、止められない。

好き……アレックス様……私を見て……お願い……。

「ん……んん……はぁ……ふ……ぅ……」

指の腹で優しく乳輪をなぞり続けていると、小さくて可愛らしい突起がぷくりと膨らむのがわかった。

『胸の……突起……というかその……ち、乳首を可愛がりますと膨らんでまいりますでしょう？　それが気持ちよくなり始めている証拠ですわ』

エレナに教えてもらったことを思い出し、はっとする。

現にブリジットも寝惚けた彼に弄られて尖った時には、頭がとろけそうなほどの快感を覚えていたから間違いないだろう。アレックスから何とも思われていない自分の手でも、気持ちよくなってくれるのが嬉しい。

もっと、もっとアレックス様に触れたい。

もっと、もっと気持ちよくなって……。

たっぷりと彼の唇と咥内を堪能した舌を、小さな尖りに恐る恐る近づけていく。ちゅっと唇を付けた瞬間——彼が小さく声を上げる。でも、瞼は開いていない。すぐにこれほど深い眠りに落ちることができる彼が熟睡できなかったぐらいなのだから、ソファの寝心地は相当悪かったようだ。

「ん……ふ……」

舌先でちろちろ転がしたり、押し潰したりしていくうちに、尖りの硬さが増していくのがわかった。

「……っ……く……」

アレックスの穏やかな寝息が、だんだんと乱れていく。まずい……起きてしまうだろうか。

お願い……まだ、起きないで……。

そう願いながら、ブリジットは尖りに舌を這わせ続ける。

舌に伝わってくるころころした可愛らしい感触が愛おしくて、夢中になって舐め転がす。

視線を上げると、月明かりに照らされた彼の頬は、ほんのりと色付いていた。薄い唇からは官能的な吐息が溢れ、時折艶やかな声がこぼれる。

ここを舐められるのが、そんなに気持ちいいの……?

薄く開いた唇から覗く肉厚な舌を見ていると、なんだか自分が舐められる感触を想像してしまい、触れられてもいない胸の先端がちりちりと尖っていく。尖った乳首はナイトドレスが擦れるわずかな刺激にも反応し、甘い吐息がこぼれる。

「は……ぁ……」

「……っ……く……」

こぼれた吐息が小さな突起を刺激したらしく、アレックスは大きな身体をわずかによじらせた。月明かりに照らされたその表情はあまりにも艶やかで、ブリジットは息を呑む。

アレックスがこんな表情をするなんて、知らなかった。もっとブリジットの知らない顔があるのだろうか。

――もっと、もっと、知りたい。

甘酸っぱい果実を食べた時のように、唾液が次から次へと溢れてくる。乳首を咥《くわ》えたまま唇を窄めてちゅっと吸い上げると、アレックスの身体が大きく揺れた。

いけない。今度こそ本当に起きてしまう……！

狼狽しながらボタンを留めて、ブランケットの中に潜り込む。勢い余って頭まで被ってしまった。息苦しいけれど、少しでも動いたらアレックスを起こしてしまいそうで、我慢してじっと身を潜める。あまりに強張りすぎて、無意識のうちに目までかっちり閉じていた。

ばくばくばくばく……。

どきどきを通り越して、心臓がものすごい音を立てている。

私がこんなことをしているとわかったら、呆れる？　それとも、軽蔑する？

怖い……。

でも、気付いて欲しいという気持ちもわずかにあった。

呆れられるかもしれないし、軽蔑されるかもしれないけれど、アレックスの心の中にある『ブリジットは子供』という考えを粉々にできることは確かだ。この恋の結末に終わりしか残されていないのなら、せめて自分を子供ではなくて大人の女性として見て欲しい。

絶対に起こしてしまったと思ったけれど、アレックスは一向に身体を起こす気配を見せなかった。

本当にすごく深く眠っているのね……。

複雑な気持ちを抱えながらも、胸を撫で下ろす。そろそろブランケットから顔を出そうかと思って目を開いたその時、驚愕する光景が飛び込んできた。

「――……っ!?」

暗かったけれど目が慣れてきていたせいで、トラウザーズのある一点が盛り上がっているのがわかったのだ。

えっ……う、嘘……！　これってもしかして……ううん、もしかしなくても、あれ……よね!?

あまりに驚いて、飛び上がりそうになったところを必死で堪える。頬が燃え上がるように熱くて、必要以上に瞬きをしてしまう。

驚きと同時に、喜びが込み上げてくる。

こうして大事な場所が変化するのは、快感を与えられている証拠だとエレナが教えてくれた。経験がないから要領がよくわからなくて、無我夢中で乳首を弄っていたけれど、ちゃんとできていたのだ。

もっと、もっと、アレックス様に触れたい……。

『硬くなった場所を……その……手で扱いたり、舌で舐めたりすると、とても気持ちがいいそうです。あ、歯を立てないように気を付けて下さいね。とても敏感な場所ですから』

ここを手で……し、舌で……。

エレナの言葉を思い出し、心臓が壊れそうなぐらい速くなる。

もっと、この先を知りたい……。

アレックス様に、もっと触れたい……。

触れるか触れないかぎりぎりのところで、ブリジットはさっと手を引っ込める。

ううん、だめ……これ以上はいくらなんでもだめよ……！

シャツのボタンを外す以上の罪悪感に押し潰されそうになり、ブリジットは伸ばしかけた自身の手でブランケットを掴み、ぷはっと顔を出す。

指先と舌にまだアレックスの乳首の感触が残っていて、お腹の奥が切ないぐらい疼いてしまう。

考えちゃ……だめ……。

もう眠ろうと思っているのに、彼の身体に触れたくて堪らなかった。

彼に弄られたことを想像してしまったせいで、何の刺激も受けていないブリジットの乳首は摘めるくらい硬く起ち上がり、花びらの奥にある肉粒や処女口が勝手にひくひく痙攣して、ねっとりとした新たな蜜が溢れていく。思わず自分で触れてしまいたいぐらいの疼きに息を乱し、甘いため息がこぼれる。

なんていやらしい子なの……私……。

自分がこんなに淫らだったなんて、信じられない。

それからアレックスの身体に触れた感触や、以前寝惚けて触れられたことを何度も何度も思い返してしまったブリジットはすっかり目が冴えてしまって、ようやく眠りにつけたのは起床予定時間の三十分前のことだった。

◆◇◆

それから一週間が経つ――。

ブリジットはいけないと思いながらも毎夜アレックスの唇を奪い、トラウザーズに隠されたたった一箇所をのぞいて、彼の身体に触れることを続けていた。

初めは触れると心が満たされていくのを感じていたのに、今では触れた傍から心が乾いていくのを感じる。

もっと、もっと触れたい……。

私にも、触れて欲しい……。

私の心、まるで湧水みたいだわ。

永遠に枯れることなく、アレックスへの気持ちが溢れて溢れて……止まらない。

好き……アレックス様、大好き……。

アレックスに触れるたびに、ブリジットの想いは強くなっていく。

――離婚なんて、したくない。ずっと一緒にいたい……。

どうせ離婚するつもりなら、うんと酷いことをしてこの恋心を粉々に砕いて欲しい。でもアレックスはそんなことはしない。いつだって優しくて、その優しさは今のブリジットにとってはとても残酷だった。

明るく振る舞おうとしても、アレックスには無理しているのが丸わかりらしく、仕事帰りには毎日お土産を持って帰って来ていた。

苺のマカロンやチョコレートケーキ、可愛らしいピンクの薔薇、リボンがたっぷり付いた流行りの帽子に、アクセサリー。どれもブリジットの大好きな物だ。騎士団の仕事は過酷な体力仕事で、帰る頃には疲れて一刻も早く休みたいはずなのに、街へ出てこれらを探すのはどれほど大変なことだろう。

嬉しいのに、胸が苦しい。

お願いだから、これ以上はもう本当に優しくしないで欲しい。今ですらアレックスがいなければ生きていけないと断言するほどに愛しているのに、これ以上なんてどうすればいいのかわからない。

複雑な思いに胸が押し潰されそうになっていたある日のこと、アレックスが慌てた様子で帰って来た。毎日何かしらプレゼントを抱えて帰って来ていたけれど、今日は珍しく何も持っていない。ブリジットは密かに胸を撫で下ろし、彼を出迎える。

「アレックス様、お帰りなさい」

「ただいま。ブリジット、いい知らせがある」

「いい知らせ？」

アレックスが嬉しそうに話してくれるものだから、ブリジットも自然と笑顔になった。

一体なんだろう。仕事のこと？　それとも別のことだろうか。どっちにしろ話してくれようとする気持ちが嬉しい。偽りの夫婦なのに、こうしていると本当の夫婦になったみたいだ。

「ステラの目撃情報が手に入った」

「え……」

心臓がどくりと嫌な音を立て、血管の中に氷水を注ぎ込まれたみたいに身体が冷たくなる。

「なかなか見つからないからてっきり国外へ行っているのかと思っていたが、国内にいたようだな」

目撃されたのは昨日の夕方で、しかもアーウィン邸からそう離れた場所ではなかったそうだ。

「そう、なの……」

声が震えてしまい、小さく短い言葉しか出せなかった。アレックスは力強く頷き、ストロベリーブロンドをくしゃくしゃに撫でる。

「ああ、まだどこにいるかまでは突き止められていないが、恐らく時間の問題だろう」

もうすぐ終わってしまうのかしら……。

私の恋も、お姉様の恋も……。

目の奥が焼けただれそうなほど熱くなり、菫色の瞳に涙が滲む。こぼさないよう眉根にぎゅっと力を込めたけれど、徒労に終わった。ぽろぽろ涙をこぼすと、アレックスが指の腹で優しく拭ってくれる。剣を握るその指は少し乾燥していた。

「泣かなくていい。よかったな」

何を言っているの？　よかったのは、アレックス様でしょう？　何とも思っていないお子様の私と別れて、大好きなお姉様を奪えるのだから……！

そう責めたいけれど、責められない。だって本来なら、こうなるのが当たり前だった。むしろ被害者は紛れもなくアレックスだ。式を間近に控えた花婿が花嫁に逃げられるなんて、さぞかし辛かっただろう。

最初から離婚するつもりだったから、彼はブリジットに指一本触れなかった。きっと離

婚した後、他の男性に嫁ぐことを考えての配慮だったのだろう。どこまでも優しくて、ブリジットにとっては残酷な人……。

別れたくない……。アレックス様とずっと一緒にいたい……。

そんなことは叶わない夢だとわかっているから、どんなに指で拭って貰っても、しゃくりあげる背中を撫でて貰っても、胸が苦しくて堪らない。

アレックスは落ち着くまで付いていると言ってくれたけれど、ブリジットは首を左右に振って拒否する。

自室に帰ってソファにもたれるようにして座り、クッションに顔を埋めてたくさん泣いた。

涙で溺れてしまいそう。

ううん、いっそのこと溺れられたらいいのに……。

◆◇◆

やっと涙が止まったものの、鏡を覗くとあまりの不細工さに絶句して、また泣きそうになる。瞼は殴られた痕かと疑うほど腫れ、白目は真っ赤に充血していた。

「ぶ、ぶ、ぶ、不細工だわ……っ！」

こ、こんな顔、アレックス様には絶対見せたくない……っ！

なんとも思われていなくても、好きな人の前ではいつも可愛くありたい。こんなお化けみたいな顔で会いたくない！

夕食は部屋でとらせて貰うことにして、夜は本を読んでから寝たいので先に寝ていて欲しい、とエレナからアレックスに伝えて貰った。

「よかった。大分腫れが引きましたわ」

「ありがとう、エレナ。こんな遅くまで付き合わせてごめんなさい」

冷たいタオルを根気よく目元に当てて貰ったおかげで、深夜になった今、腫れはほとんど目立たないところまで引いていた。

「いえいえ、お気になさらないで下さい。それよりも、大丈夫ですか？　……もしよろしければ、本日は寝室ではなく、自室でお休みできるようご用意を整えますが……」

エレナに理由は話していないけれど、ブリジットの涙の原因はアレックスにあると気付いているようだ。

「……どうして、わかっちゃうの？」

「いつもなら旦那様のお話を色々して下さるのに、今日は一言もお話して下さいませんから」

「あ……」

にっこりと微笑まれ、恥ずかしくてかぁっと顔が熱くなる。

全然気付かなかった……私、アレックス様が大好きで、いつの間にか無意識にお話していたのだわ。

「ううん、大丈夫よ。本当にありがとう、もう休んで」

「かしこまりました。では、失礼いたします」

あんなに泣きじゃくってしまった上に、慰めてくれたアレックスを突き放して一人にして欲しいとまで言ったのだから、会うのは正直気まずい。けれど先に休んでいて欲しいとお願いしたからもう眠っているはずだし、彼の隣で眠れるのはあとわずかだ。一日たりとも無駄にしたくない。

恐る恐る寝室の扉を開くと、横になっているアレックスの姿が見えた。

眠ってくれていることにホッと胸を撫で下ろし、足音を立てないようにベッドへ向かう。照明は落とされていない。後から来るブリジットが躓《つまず》かないようにとの配慮なのだろう。

彼のこうした何気ない優しさが温かくて、今のブリジットにとっては辛かった。

おやすみなさい……。

心の中で声をかけてランプの火を消すと、カーテンの隙間から差し込む月の光がいつもよりも明るい気がした。そっとカーテンを開くと、雲一つないビロードの夜空に大きな満月が浮かんでいるのが見える。

「綺麗……」

カーテンを閉めているなんて勿体ないと思うほど、見事な満月だった。

今日はこのままにしても、いいわよね。

カーテンを開いたままベッドへ横になれば、月と空を眺めながら眠ることができる。好きな人の隣でこんな綺麗な夜空を楽しめるなんて、とてもロマンチックだ。瞬きをすると、泣き腫らした目が少しひりひりする。

アレックスはこの満月を見ただろうか。彼が帰って来た時にはもう暗かったから、もう月は出ていたはずだ。でも、ステラのことを思って夜空を見上げている状態ではなかっただろうか。それとも、この見事な満月を彼女と見られたなら……と、胸を焦がしていたのだろうか。

……考えちゃ、だめ。

せっかく止まった涙がまた出てしまう。小さく首を左右に振ると、豊かなストロベリーブロンドが一緒に揺れる。

視線を窓からアレックスへ移すと、眠っていても精悍さを失わない美しい顔立ちに心臓がとくんと跳ねた。

もう、この顔を見られなくなってしまうのね……。

胸が苦しくて堪らない。一人になってからも思い出せるよう、この顔を目に焼き付けておきたい。

ブリジットはそっと身体を起こし、満月の幻想的な光に照らされるアレックスを眺め下ろした。短く整えられた夜空のような黒髪に凜々しい眉、閉じていても鋭い印象を与える切れ長の瞳、彫像のように高い鼻梁……どこを見ても、幼い頃からブリジットを魅了してやまない。

大好き……。

こんなにも大好きなのに、どうして両想いになれないのだろう。

そっと顔を近づけたら、もう我慢できない。ブリジットは薄い唇に、自分の唇を重ねていた。

「ん……」

ちゅ、ちゅ、と　角度を変えて唇を押し付けながら、そっと瞳を開いてアレックスが起きていないか確かめる。

青い瞳は閉じたまま……今日も眠りが深いらしい。

薄い唇はとても柔らかくて、こうして触れていると気持ちよくて堪らない。

例えるならマシュマロだろうか。柔らかくて、しっとりしていて、……甘い。

子猫のように唇をぺろりと舐めると、アレックスの身体が小さく跳ねたのがわかった。

「……っ」

あっ……ど、どうしよう！

起こしてしまったかと思ってどきっとしたけれど、長い睫で囲まれた瞼は閉じたまま。

どうか起きないで……。


『俺にとってお前は、何歳になろうとも子供で、可愛い妹のようなものだ』


ううん、いっそのこと起きてくれたなら……。

起きてブリジットがこんなことをしているのを見たら、子供だと思えなくなるはずだ。

でも同時に軽蔑されるかもしれない。

起きないで……。

起きて……。

相反する気持ちに戸惑いながらも彼の唇を舌で割って、そのまま潜り込ませる。

「ん……ぅ……ん……っ」

彼の舌を見つけて恐る恐る擦りつけると肌が粟立って、甘い吐息がこぼれた。

瞼を閉じていつものようにアレックスの咥内を楽しんでいると、眠っているはずの彼の舌が動いて、ブリジットの小さな舌を捉えた。

「……っ！　……ン……ふ……ぅう……っ」

今日も寝惚けているのだろうか。それともついに起こしてしまっただろうか。

背中に冷や汗が流れていくのを感じながら恐る恐る目を開くと、アレックスの瞳はしっかりと閉じたままだった。いつものように寝惚けて応えてくれているらしい。

「ん……ふっ……ふ……ぁ……」

ぬるぬると擦りつけられるたびに身体が舌の動きと同じく揺れてしまい、一度絶頂を経験した子宮が甘やかに疼く。ちゅ、くちゅ、と舌と舌を擦り合わせる音が鼓膜を揺さぶると、唾液と蜜がとろとろ溢れ出していくのを感じた。

まるでおかしな薬を飲まされたみたいだ。身体がどんどん熱くなって……頭が真っ白になっていく。

そういえば、以前そういう薬があると聞いたことがある。

あれは……どこでだったかしら……。

確か、『媚薬』と言うらしい。

それを口にするとたちまち官能に囚われ、もうそのことしか考えられなくなると聞いた。

どこで……？

ああ、もう……思い出せない。

「……ん……はぁっ……」

ブリジットは破裂しそうなほど高鳴る心臓をナイトドレスの上から押さえ、アレックスの身体にかかっているブランケットをそっと避けた。

ごめんなさい。でも、もっと……もっとアレックス様に触れたいの……。

ブランケットを剝がされても、アレックスは起きる気配を見せない。

ごめんなさい……ごめんなさい……。

そう何度も心で呟きながら、震える指で彼のシャツのボタンを一つ……また一つ外していく。はだけたシャツから、鍛えられた逞しい胸板と割れた腹筋が見えた。

硬い胸にそっと手を滑らせていると、肌がへこんでいる場所を見つける。

何かしら……？

顔を近づけて見てみると、そこには古傷があった。騎士団の任務中に付いたものだろうか。改めて彼が危険な仕事に就いていることを自覚させられ、胸がぎゅっと苦しくなる。

新たな傷がないだろうか。明かりを付けてじっくり調べたいけれど、それはさすがに起きてしまうだろう。月明かりと手探りでなんとか確かめてみると、くすぐったかったらしい。アレックスがわずかに身体をよじらせているのがわかった。

新しい傷はないみたい……。

ほっと胸を撫で下ろすと、淡い突起に目がいく。

指の腹でそっと撫でたら、アレックスが先ほどより更に大きく身体を揺らした。

「あっ……」

今度こそ起きてしまうだろうか。ぎくりとしたけれど、ブリジットは手を止められない。突起に触れないように、指先で乳輪をくるくると撫でた。

柔らかくて、可愛い……。

その可愛い感触をもっと楽しみたくて、ブリジットは更に指を動かし続ける。もう片方の手は、無意識のうちに彼の割れた腹筋を撫でていて、柔らかさと硬い筋肉を両方贅沢に味わう。

だんだんと尖っていく乳首が愛おしくて、完全に起ち上がる前に思わずちゅっと口付けすると、アレックスが小さく声を漏らすのがわかった。

今日はいつもより反応してくれている気がする。もしかしたら、眠りが浅いのだろうか。だとしたら、まずい。これ以上触れては、起きてしまうだろう。

……でも、止められない。だってこうして触れられるのは、もう今日が最後でもおかしくないのだ。我慢して一生後悔なんてしたくなかった。

口付けしたことで完全に起ち上がった乳首は先ほどよりも色付いていて、尚のこと愛おしく感じる。そっと口に含み、恐る恐る舌を動かしていくと、アレックスの身体が大きく揺れる。

「ん……っ……んん……」

舌先でころころ転がすと、押し返すように乳首が硬くなっていく。腹筋を撫でていた手でも片方の乳首をなぞり、親指と人差し指できゅっきゅっと摘みながら転がした。

「……っ……は……ぁ……っ……ぅ……」

アレックスが息を乱し、唇から苦しそうに息をこぼしている。この調子では、いつ起きてもおかしくないだろう。それでもいつも大人で冷静な彼を乱しているという昂揚感に脳が侵され、舌も手も止められない。

無我夢中で舌を這わせていると、彼のトラウザーズの一点が膨らんでいることに気付いた。

だめ……。

さすがにそこを触れるのは、今まで以上の罪悪感を覚える。それでも……昂揚感で麻痺した脳は、理性を思い出せない。

ブリジットは震える手を彼の欲望へ伸ばし、トラウザーズ越しに触れた。

「……っ！」

指先がほんの少し触れた瞬間——アレックスの身体がびくんと大きく反応した。ブリジットは思わず手を引っ込め、狼狽する。

い、痛い……のかしら？

いや、そんなことはないはずだ。エレナからここはとても敏感な場所だけど、上手に触れると甘い快感を与えられると聞いていた。

だ、大丈夫……アレックス様は、痛がっているわけではないわ。

どきどきする心臓をナイトドレスの上から押さえ、また恐る恐るアレックスの欲望へ手を伸ばす。そっと触れると、彼の腰が小さく浮くのがわかった。

形を確かめるようになるべく力を入れず握ってみると、とても大きかった上にがちがちに硬くなっていて驚愕する。

えっ……ええっ!? う、嘘……どうしてこんなに大きいのっ!?

初めて触れる男性器は、ブリジットの予想を遥かに超えた大きさだった。

ブリジットの小さな手では握りきれないほどの大きさで、どんなに頑張っても親指と四本指の間に大きな隙間が開いて、完全に握ることができない。

経験がなくても、家庭教師からの話やロマンス小説のおかげで、男性器を自分の中に受け入れるということだけはわかっている。

こんなに大きいものが、本当に自分の中に入るのだろうか。裂けてしまわないのだろうか。そう思ったところで、自分の愚かな考えを恥じた。

馬鹿みたい。そんなこと考えたって、無駄なのに……。

受け入れられる、受け入れられないの問題ではない。アレックスは抱いてくれる気がないのだから、ブリジットが彼を受け入れる日など永遠に来ないのだ。

裂けてもいいし、どんなに痛くてもいいから、アレックスと結ばれたかった……。

涙が出そうになるのを堪え、トラウザーズ越しにそっと擦ってみる。結ばれないのなら、せめて今だけはもっと触れていたい。

布越しではちゃんと触れられているのかわからない。けれど先ほどより硬くなった気がした。ちらりとアレックスの顔に視線を移すと、頬が染まっている。

気持ち……いいの？

直接触れられたら、もう少し気持ちよくできるだろうか。

……ごめんなさい、アレックス様。

心の中でそう謝ると、ブリジットは罪悪感に震える指で彼のトラウザーズを引き下げた。すると押さえ付けられていた淫らな肉棒が勢いよく飛び出してきて、心臓が大きく跳ね上がる。

「……っ！」

初めて見る男性器は、とても不思議な形と色をしていた。大きな肉棒は赤黒くて、茸の傘のようなものが先に付いている。アレックスの乱れた呼吸と共に、欲望もびくびくと脈打っていて、血管が浮き出ている。先に付いた小さな穴からは透明な滴が溢れていて、ブリジットと同じく泣くのを我慢しているみたいだ。

すごい……。これが男性の……アレックス様の身体……なのね……。

恐る恐る触れてみると、彼の欲望がわずかに脈打つ。まるで返事をしてくれたみたいだ。

しっとりしていて、熱くて、当たり前だけど、これもアレックスの一部なのだと心の中で納得する。

どうしてだろう。こんなにも大きくて、こんなにも不思議な形をしているのに、愛おしくて可愛くて仕方がない。

ついまじまじと眺めていると、小さな穴からつぅっと透明な滴が垂れてきた。

垂れちゃう！

咄嗟の行動だった。葡萄を食べようとしたけれど、誤って落としてしまいそうになった時のように……滴を受け止めようと、無意識のうちに手が伸びる。

「あっ……」

気が付けば握っていた。垂れた滴は手の平をじわりと濡らし、欲望全体をぬるぬるに湿らせていく。

「……っ……く……」

触れた瞬間、アレックスの身体がまた揺れる。

今まで気が付かなかったけれど、彼の大きな手はシーツをきつく握りしめていた。頬を染め、呼吸を乱さないよう唇を噛んで、快感を受け入れないようにと我慢しているみたいに見える。

それがなんだか拒絶されている気がして、見ていると胸がちくちく痛んだ。

お願い……眠っている間だけでも、私を受け入れて……拒絶、しないで……。

エレナに教えて貰ったことを思い出しながら、恐る恐る手を上下に動かす。

「は……っ……ぁ……」

垂れて全体に行き渡った滴のおかげで、手がぬるぬる滑ってしごきやすい。力加減は大丈夫だろうか。痛みを与えるのではないかと怖くてあまり強く握れないけれど、これで合っているのだろうか。

擦るたびに欲望はびくびくと震え、張りつめていくのがわかる。アレックスの唇からは、押し殺しきれなかった官能的な声と甘い吐息がこぼれ、ブリジットの情欲を煽った。

気持ちよくなってくれているってこと……なのよね？

わからないけれど、もっと彼の淫らな息遣いを……甘い声を聞きたい。もっとこの張りつめた彼の分身を余すところなく弄りたくて堪らなかった。

上下のしごきに加え、手の平でよしよしするように撫でつけると、小さな穴が広がったり窄まったりと痙攣を繰り返し、滑り気を帯びた透明な液体がどんどん溢れてきた。

けして可愛らしい容貌ではないのに、なんだか愛らしくて堪らない。ブリジットは夢中になって手を動かし続ける。

「……っ……は……ぁ……っ……ぅ……」

アレックスが気持ちよさそうに声を漏らすたび……小さな鈴口がとろりと透明な液をこ

ぼすたび……お腹の奥が甘く疼いて、ブリジットの秘部からも蜜が溢れ出す。

どうしてだろう。手を動かしているだけなのに、裸になってしまいたいほど、身体が熱い。溢れた蜜は花びらの間からこぼれ、ナイトドレスを汚し始めていた。

もっと、もっと、アレックス様に触れたい……私が知らない、特別なアレックス様を見たい。

逸《はや》る気持ちが、手の動きに表れる。淫らな蜜をまとった手はだんだんと遠慮がなくなっていく。どれくらいしごいていたのだろう。鈴口の痙攣が激しくなり、蜜にだんだんと白濁が混ざるようになってきた。

弄りすぎて、おかしくなってしまったのだろうか。

私の触り方がよくなかった？　ど、どうしよう……！

狼狽しながら手の動きを止めた方がよいか悩んでいると——どくんと大きく脈打った肉棒が、真っ白な欲望を弾けさせた。

「ひゃ……っ!?」

青臭い官能的な匂いが、部屋中に広がった。

弾けた大量の欲望は手の中だけには収まらず、顔にまで飛んでくる。一瞬どうしてしまったのかと思って驚いたけれど、すぐに射精へ導けたのだと気付いた。あんな拙い愛撫だったのに、アレックスは気持ちよくなってくれたのだ。嬉しくて堪らない。けれど次の瞬間、ブリジットは固まった。氷よりも硬く固まった。

「――……っ！」

「きゃっ⁉」

なぜならアレックスが飛び起きたからだ。

ど、どどどどどうしよう……っ！

誤魔化す⁉　ううん、こんな状態で、どう誤魔化せばいいのっ⁉

暑そうだったから、脱がしちゃいました……とか？　ううん、無理！　暑いからってトラウザーズまで脱がせる人がどこにいるの⁉

さっきまで熱くて堪らなかった身体が一気に冷え、かたかた震え出す。いっそのこと気付いて欲しいだなんて考えは、この一瞬のうちに消え去った。これでは大人扱いして貰えるどころか、一気に痴女扱いだ。降格にも程がある。

飛び起きたアレックスは、ブリジットの頬に付いた精液をシャツの袖で拭い、小さな手を開かせてブランケットで丁寧に拭き始める。

アレックスはきっと軽蔑に満ちた顔をしているのだろう。怖くて顔を見ることができないどころか、早く謝らなくてはいけないのに、唇同士が縫い付けられたように声を出すことすらできない。

早く、早く謝らなくちゃ……！

「……す、すまなかった」

「へ……？」

どうして、アレックス様が謝るの？

驚きのあまり、意識的に逸らしていた視線をアレックスへ向けてしまう。するとなぜか彼は申し訳なさそうな表情を浮かべていた。

「出す……つもりはなかったんだ。だが……その……すまない。我慢が利かなかった……」

「……つもり？　我慢？」

え？　ええ？

混乱と狼狽で、心臓がこめかみに移動したみたいに、どくどく脈打っているのがわかる。頭の中……いつの間にかあったもつれた思考の糸が、だんだんと解けていく。

ずっと、変だと思っていた。

「アレックス……様……ま、まさか……ずっと……起きて……いたの？」

あんな風にまでされて、起きない人がいるのか——と。

菫色の瞳を揺らしながら、震える声で尋ねる。するとアレックスは、ブリジットの小さな手を拭いながら小さく頷いた。

「……すまない」

血液が沸騰して、全て顔に集まったように熱くなる。

「い、いつ……から？　いつから起きていたの……!?」

「雷が酷く鳴っていた……あの日からだ」

嘘――――――……っ！

「えっ……じゃあ、私の身体に……そ、その、触れた時は……」

「……すまない」

寝惚けていたんじゃなかったの!?

「じゃ、じゃあ……どうして……私にされるがままになっていたの？」

どうして私に触れたの？

恥ずかしさのあまり今すぐ逃げ出したくなる気持ちを堪え、質問する。

どうしてブリジットに唇や身体を投げ出し、拒まなかったのだろう。どうして触れたのだろう。起きている時は、口付けをお願いしても拒否していたのに。

「すまない」

「謝って欲しいわけじゃないわ……悪いのは私だもの。……私は、理由が聞きたいの……っ」

「…………すまない」

謝る彼を見て、最悪な答えに気付いてしまった。

「目を瞑ったまま……なら……お、お姉様に……されているみたいだって……お姉様の身体に触れているみたいだって……想像、できる……から？」

菫色の瞳から透明な滴がぽろぽろこぼれて、乾いた頬を濡らしていく。

「違う！　俺はそういうつもりなんて……」

「じゃあ、どういうつもりだったの……!?　ただ気まぐれで触らせてくれただけ？　私が触れているのをどう思って寝たふりしていたの!?　……わ、私の身体に触れたのも、お姉様だと思って触れていたの？」

嗚咽を堪えながら、ブリジットは震える声で捲し立てた。アレックスは何も反論せず、そのまま黙りこんでしまう。

「アレックス様……っ」

「……すまない。償いをさせてくれ」

「償い……？」

菫色の瞳が、絶望に揺れた。

「謝って済むことでも、なかったことになどできないとはわかっている。だが……このままでは、俺の気が済まない。好きなだけ殴ってくれても構わない。お前の望むことをなんでもする……償いを……させてくれ」

償いをさせて欲しいということは、罪悪感を覚えているということだろう。

――やっぱり、お姉様のことを考えて、わざと触れさせていたんだわ。

涙をこぼしすぎた目が熱くて、痛くて……それ以上に心が痛い。

「……私の……望む……ことをなんでも？」

「ああ、何だって構わない」

心の中に、意地悪な考えが浮かぶ。

だめ……もう、止められない……。

「本当に殴ってもいいの？」

「ああ、もちろんだ」

アレックスは青い瞳を真っ直ぐと向けてきた。

「……でも、アレックス様は男の人で、強いもの。いざとなったら、反撃されそうで怖いわ」

「反撃？　……お前を殴るということか？　そんなこと、死んでもするはずがない」

そう、知っている。アレックスは誰よりも優しい人だ。女性に殴られたからといって、殴り返すような男性ではない。

「いざとなったら、わからないわ」

わかっていて、わざとそう言った。

「どうすれば信用して貰える？」

ブリジットはベッドから立ち上がり、カーテンのタッセルをしまってある引き出しを開いた。

「じゃあ、反撃できないようにしてもいい？　これでアレックス様を後ろ手に縛るの。そうしたら、少しは怖くなくなるわ」

「ああ、構わない」

再びベッドに座ると、アレックスが自ら背を向けて、手を縛りやすいようにしてくれた。

ブリジットは深呼吸をし、震える指でタッセルをきつく巻き付ける。

「い、痛くない？」

「平気だ。……前を向いていいか？　いや、後ろから殴りたいのなら、このままで構わないが……」

前を向くように促すと、アレックスは素直に前を向いてくれた。

「……本当に私の望むようにして……いいのね？」

「ああ」

アレックスは真っ直ぐにブリジットを見つめ、覚悟を決めたようにそっと目を瞑る。

「だめ、目は瞑らないで。……何があっても、目は瞑らないで。開いたままでいて」

「わかった」

再び青い双眸に見つめられ、ブリジットの心臓が壊れそうなほど脈打つ。肩を軽く押すと、彼の身体が後ろに倒れ、どさりとベッドに沈み込む。普段なら後ろ手に縛られていても、少し押しただけではびくともしないはずだ。こうして力を抜いているのは、抵抗しないという意思の表れなのだろう。

横になったアレックスの上に跨《また》がり、彼の顔の横に両手をつく。真っ直ぐな青い双眸には、ステラではなくブリジットの姿が映っている。

殴るだなんて、とんでもないわ。

ブリジットはそっと目を瞑り、アレックスの唇を奪った。

「……っ!?　……ブリジット……何……を……」

狼狽したアレックスは顔を横に背けて、ブリジットの柔らかな唇から逃げようとした。

拒まれた悲しさと恥ずかしさで、菫色の瞳が揺れる。

「望むようにしていいと言ったわ」

「し、しかし、これは……」

「……逃げないで」

ブリジットはアレックスの頬を両手で包みこみ、またその唇を奪う。

「ん……っ……んぅ……」

「こ、ら……ブリジ……ッ ト……んんっ……は……ぁ……っ……くっ……止め……ないか……」

拒絶の言葉を紡ごうとした唇に、ちゅ、ちゅ、と柔らかな唇を押し付ける。そっと目を開くと、彼が瞼を閉じかけていることに気付く。

「……目は……瞑らない……約束、だわ」

ブリジットに促されて再び開くことになった青い瞳は少し潤んでいて、ブリジットの情欲を煽る。

「もう、止めろ。……なぜ……こんな……」

「聞きたいのは私の方だわ。どうして今止めるの？　止めるのなら、もっと早くに止めていればよかったじゃない」

起きていたのなら、眠っているふりなどせずに止めればよかったのだ。それを止めなかったのは、やはりブリジットをステラに見立てていたからとしか思えない。

「すまない……」

「謝らないでっ！」

溢れそうになる涙を堪え、ブリジットは身体を起こす。

「目は……閉じないで。お願い……」

そう懇願したブリジットは、彼に跨ったまま震える指で、自らの胸元のボタンを外していく。

「ブリジット、何を……」

「……今アレックス様の目の前にいるのは……お姉様じゃなくて、私よ。目を開けていれば、嫌でも私だってわかるでしょう？」

　指が震えすぎて、上手くボタンが外せない。それでもなんとかお腹まで外せたことで、豊かな胸の谷間が露わになった。

「ブリジット、もう止せ……っ」

「……嫌っ……！　止めないっ……！」

　しっかりして、私……！　もう、後戻りはできないのよ！

　心の中で自分を叱咤し、震える指を必死で動かしてボタンを外す。

「アレックス様は私を子供だって言ったけれど……私、もう十六よ……結婚ができる大人だわ。……ちゃんと見て」

　全てボタンを外し終えたブリジットは、真っ赤な顔で羞恥を堪えながら、ナイトドレスを脱ぎ捨てた。

　露わになったミルク色の肌が、月明かりに照らされる。豊かな胸は息をするたび上下し、小さな乳首は淡く色付いている。髪と同じ色をした大人の証である恥毛は、薄らではあったけれど乙女の割れ目を隠していた。

「……っ」

　アレックスの喉仏が、数週間ぶりの食事にありつけそうな肉食獣のように上下にゆっくりと動いた。けれどブリジットは気付かない。恥ずかしさのあまり、顔を背けていたからだ。

「……服を……着なさい」

幼子を諭《さと》すような声色だった。

恥ずかしくて、死んでしまいそう……。

「嫌……っ」

本当は早く着たい。だけど、引くわけにはいかなかった。

「も、もう……子供じゃないわ。大人の身体……だもの。お、お、男の人だって……受け入れられる……ちゃんとした大人の身体……でしょう？」

お、大人の身体よね……!?

自分で言ったものの、少し不安になってくる。他の大人の女性の身体なんて見たことがないから、比べようがない。自分は本当に大人の身体をしているだろうか。

「……俺に……とって……お前はいつまでも子供だと言っている」

やっぱりブリジットは、大人の身体には程遠かったらしい。

私、何をしているのかしら……。

恥ずかしくて、情けなくて、大粒の涙がこぼれた。

アレックスはきっと呆れた顔をしているのだろう。怖くて確かめられず、そのまま俯くと――トラウザーズの中にしまわれた肉棒が、再び膨らんでいるのに気付く。

「え……？」

ブリジットの視線の先に気付いたらしいアレックスは、身をよじらせる。

「服を着なさい。ブリジット」

「私は……子供、なのよね？」

「……そうだ。子供だ」

瞬きすると、瞳に溜まっていた涙がこぼれて視界がはっきりする。透き通った菫色の瞳に映るのは、どんどん大きくなっていく欲望だ。見間違いではない。

――血液が、燃え上がる。

トラウザーズをずり下ろすと、硬くなった肉棒がぶるんと飛び出た。

「……っ……！　ブリジット……」

「おかしいわ。じゃあ、どうして子供の身体を見て、ここが反応してしまうの？」

先ほど欲望を放ったばかりだというのにがちがちに硬くなっていて、そっと指で撫でると、白濁混じりの蜜がとろりと溢れる。

「そ、れは……」

アレックスが否定の言葉を紡ごうとしているのに気付き、ブリジットは傘の先を手の平で撫でつけた。

「……っ……う……」

撫でるたびに、赤黒い肉棒がびくびくと脈打つ。

「アレックスお兄様は、子供な私の身体でも反応してしまうのね。恥ずかしいわ」

意識的に『アレックス様』と呼ぶようにしていたけれど、彼の背徳を煽るため、わざと呼び方を元に戻す。

「もう……止せ……そんなところに触れていないで、早く服を着ろと……」

息を乱しながらも、アレックスは鋭い声音で諭す。一瞬怯んでしまいそうになるけれど、ブリジットはきゅっと唇を噛み、彼を睨む。

「嫌よ。私の望みはまだ果たされていないもの」

「……っ……何が……望みだ？」

ここまでされて、ブリジットの望みがわからないはずがないのに、アレックスは息を乱しながら厳しい視線を向けてくる。考えを改めろと、諭されているようだ。

……嫌……だって今日を逃したら、二度とあなたを手に入れられないもの。

「私の望みは、前から変わっていないわ。あなたに……だ、抱いて欲しいの」

恥ずかしくて、声が震える。ミルク色の肌は、羞恥のあまり真っ赤に染まっていた。

「……駄目だ」

けれどブリジットの必死な願いは、冷たい声音に却下されてしまう。

「ど、どうして？　私の望みなら、なんでも叶えてくれるって言ったのに……っ……嘘つき……！」

先ほどのように肉棒をしごき始めると、アレックスが苦しげに息を吐き、身をよじらせた。

「ブリジット……も、もう、止めろ……っ……う……っ……く……」

「約束を守ってくれるまで、止めない……っ」

幼い駄々っ子のような口ぶりだったけれど、言っていることは目を塞ぎたくなるくらい淫らなことだ。

「ブリジット……！　頼むから……もう……」

肉棒は今にもはち切れそうなほど硬くなり、しごくたびに鈴口から溢れた蜜でくちゅくちゅと淫らな音が響く。

「……男の人のがこ、こうなるってことは、女性を抱けるっていう合図なのでしょう？　だったら、私と……」

「無理……だ。いつ……か、お前が他の男と……結ばれる……時、純潔でなけれ……ば、……お前が傷付く……っ」

何度も何度も、現実に叩きつけられる。

ああ、アレックスは本当に、ブリジットと別れるつもりなのだ。

アレックス様は、優しくて……残酷だわ。

ほんの少しですら、夢を見させてくれない。

他の男の人なんて、いらない……欲しいのはアレックス様だけなのに……！

「そ……の、……心配はないわ。だって私、……じゅ、純潔じゃないもの」

頭に血が上って、気が付けば嘘を吐いていた。純潔を守らせていたいから抱いてくれないというのなら、純潔がなくなったと思わせればどうなるのだろう。それでも別の理由を付けて、抱いてくれないのだろうか。

「何……？」

アレックスは切れ長の瞳を見開き、呆然とした様子でブリジットを見つめる。

「純潔なんか、もうないわ。だから、私を……」

「どこのどいつだ？」

一際冷たい声だった。心臓が跳ね上がり、ブリジットは狼狽してしまう。

「そ、そんなの内緒よ」

「合意の上だったのか？　まさか無理矢理……」

「違うわ。その……」

「誰だ？　言え、ブリジット」

動揺しちゃ駄目よ、ブリジット。嘘だってわかっちゃうわ。

心の中で自分を励まし、できるだけ冷静を装って口を開く。

「前に、好きな人ができたって言ったの……覚えてる？」

「………なるほど、な」

背骨がぶるっと震えるほどの、冷たい声だった。そして次の瞬間――なぜか視界がくるりと一回転した。

へ……？

一体何が起きたのだろう。今までアレックスを押し倒していたはずだったのに、なぜか背中がふかふかで、アレックスが自分を見下ろしている。

何？　え？　どうなっているの？

左に首を動かすと、耳の横に置いてあるアレックスの手首に血が滲んでいた。なぜこんなことに？　そして右へ動かすと、もう片方の彼の手首にカーテンのタッセルが巻き付いている。

「う、嘘……っ！　む、無理矢理引きちぎった……の？」

その問いに、アレックスは怖い顔をしたまま答えてくれなかった。

タッセルはとても丈夫なものだった。引きちぎることができるなんて、信じられない。

手首が見る見るうちに痛々しい色に変わっていくのを見て、ブリジットも真っ青になっていく。

「とにかく、早く、手当てを……ン……っ!?」

慌てて起き上がろうとしたその時——アレックスに唇を奪われていた。

え……？

情熱的に唇を貪られ、ブリジットは菫色の瞳を瞬かせた。

嘘……私、アレックス様から……口付けして貰ってる……の？

嬉しくて涙がこぼれた。肉厚な舌で唇を舐められると、ジンと痺れて、吐息がこぼれる。

「ふ……ぁ……ン……っ……む……ぅ」

わずかに開いた隙間から舌が入り込んできて、ブリジットの小さな咥内を貪った。ぬるぬる舌を擦られるたびに、緊張と悲しさで萎縮していた身体が解《ほぐ》れ、花びらの間が再び潤んでいく。

嬉しい……嬉しい……幸せで、死んでしまいそう。

ぽろぽろ涙をこぼしながらアレックスの背中に手を回すと、大きな手に腰のラインをなぞられ、豊かな胸が包みこまれた。

「んん——……っ」

アレックス様の手……熱い……。

自分の身体も驚くぐらい熱いと思っていたけれど、アレックスの手はそれを更に超える熱さだった。無骨な指に捏ねあげられるたび、胸の頂が硬くしこっていく。

硬い乳首が手の平で転がされるたび、身体が勝手にびくびく揺れる。

どうしよう。頭が真っ白になりそうなほど、気持ちがいい。

このままもっと触れていて欲しいけれど、アレックスの怪我も心配だ。

「ん……ぅっ……アレックス……さ、ま……怪我……手当て……しない……と」

「そんなもの、どうだっていい。……それよりも、こちらに集中しろ」

「ぁ……っ」

無骨で少し乾燥した手に強く揉まれて、ミルク色の胸がむにゅむにゅと形を変える。ああ、なんて卑猥な光景なのだろう。でも、目が離せない。

「この柔らかな胸を誰に揉ませた？」

「……っ……ン……ぅ……い、言えな……」

いないのだから、言えるわけがない。この肌に触れたのは、目の前にいるただ一人だけだ。

「……随分大きいが、まさか育てられたのか？　ここも散々こうして弄らせたのか？」

チェリーピンクに色付いた乳首をきゅっと摘まれると、身体に甘い電流が走ったみたいだった。勝手に身体が跳ね上がって、壊れたオルゴールのように喘ぎが止められなくなる。

「ひぅっ……そ、こ……摘んじゃいやぁ……っ」

気持ちいい。もっとして欲しい。でもそこを弄られると、これ以上は自分が自分ではなくなりそうで怖い。

「俺には触れられたくない……と？」

摘んだまま、指でこねくり回されると、あまりの刺激に涙が滲む。何も着ていない肌に怒りを含んだぴりぴりした空気が突き刺さり、ブリジットは首を左右に振った。

「やぁ……ち、違っ……違うの……っ……あっ……んぅっ……お、おかしくなっちゃう……か、ら……」

「この前触れた時も思ったが、随分と乳首が弱いようだな。どれだけ開発された？」

「し、知らな……ぁっ……やぁン」

真っ白になっていく頭では、架空の人物がどう自分に触れたのかなんて、考え付くことができない。

「どれだけその男に抱かれた？　ここをどんな風に触れられたか、言ってみろ」

これではすぐに嘘だとわかってしまう。早く考えなくてはと思っていても、押し寄せる快感に負けて、具体的になど考えられない。

「……っ……い、いっぱい……い……っぱい触られたの……」

曖昧な言葉を出すので精一杯だった。するとアレックスを取り巻く空気がますます鋭くなった気がした。

早鐘を打つ心臓が嫌な音を立て、火照る身体に冷や汗が流れる。

嘘だって、見抜かれた……？

「くそ……っ」

アレックスが小さく呟いた言葉は、傍に居たブリジットでも聞き取れないほど小さな声だった。

何を言ったのか聞きかえそうとしたその時——アレックスの顔が胸へと近づいてくるのに気付く。

「アレックスさ……まっ……!? あ……う、嘘……っ……ひゃっ……きゃっぁ……っ！」

ブリジットの淡い尖りは、乳輪ごと彼の唇に咥え込まれてしまった。肉厚な舌がぬるぬると乳首を滑ると、目の前にぱちぱち火花が飛ぶ。

「ひ、ぁ……っ……あっ……だ、だめ……だめぇっ……そんなの……あっ……やぁンっっっ……！」

もう片方の乳首は指でこねくり回され、硬くなった感触を楽しむように指の腹と外側で何度もぴんぴん弾かれ、お腹の奥が信じられないほど熱くなる。

気持ちよくて、くすぐったくて、こんな感覚は初めてで、もしかしたら死んでしまうのではないかと思ってしまうほどだった。

気持ちいい……ずっとこうして貰いたかった……でも、怖い……。

これ以上は、本当に変になってしまうに違いない。

「や……ぁっ……」

無意識のうちにアレックスの逞しい肩を摑み、引きはがそうと力が入る。

「嫌？　……だが、俺のもこうしてしゃぶっていたし、随分と指でこねくり回された。ここで止めるのは不公平だろう」

アレックス様も、こんな感覚……だったの？

「ご、めんなさ……っ……だ、だから……も……ぺろぺろしないで……」

菫色の瞳に涙を浮かべながら、ブリジットは必死に懇願する。

止めて欲しくないのに、止めて欲しい。どうしてこうも正反対なことを考えてしまうのだろう。自分の身体なのに、自分がどうして欲しいのかわからない。

「……好きな男にしゃぶられた時も、そんな顔をしたのか？」

「え……？」

アレックスは眉を顰め、なぜか苦しそうな顔をしている。

どうして、そんな顔をするの……？

「……なんでもない。忘れていい。……だが、止めない」

「あっ……や……ま、待って……やぁあぁんっ！」

乳首をぎゅっと引っ張られるのと同時に、根元から強く吸い上げられたブリジットは、勢いよくやってきた絶頂の海に呑み込まれた。

背中が大きくしなる。

羽根が生えたみたいに身体が浮き上がった感覚がした直後、その羽根は一瞬にして消えて、全身の力が抜けた。

あまりの快感に痺れ、指一本すら動かすことができないのに、下腹部だけが激しく脈打っていて、誰の侵入も許したことのない蜜口がひくひく疼いているのがわかる。

「達《い》ったのか?」

尖りきったままでいる乳首を舌で弾かれると、身体が大げさなほど跳ね上がってしまう。

「ひんっ……わ、わかんな……」

この間も今日と同じ感覚がしたけれど、これが達するということなのだろうか。

「わからない?　……好きな男に抱かれた時は、達けなかったのか?」

はっとした。まずい。ぼんやりしている場合ではなかった。これでは最後までして貰える前に、未経験だということに気付かれてしまう。途中で止められたら、一生後悔することと間違いなしだ。

じっと見つめられ、ブリジットは思わず顔を逸らす。

「な、内緒……」

細かいことを考える余裕が全くなくて、そう言うのが精一杯だった。いや、下手に言えばきっと嘘だとばれてしまうだろうから、これぐらいでちょうどよかったのかもしれない。

逸らした顔を元に戻せずにいると、太腿を撫でられる。小さく身体が跳ね上がり、蜜口がひくんと痙攣した。

「社交界にいる……と言っていたな、貴族の男か。名前……は言わないだろうな。では、爵位は？」

大きな手がだんだん付け根へ向かってくるのがわかり、達したばかりの敏感な身体がびくびく跳ねる。

「……っ……ンぅ……な、内緒……」

「爵位ぐらい言っても構わないだろう」

「や……内緒ったら、内緒……っ」

どこから嘘がばれるかわからない。ブリジットは首をぶんぶん左右に振って、頑なに口を閉ざす。

「……まあ、いい。その男がどこのどいつか知ったら、殺したくなるだろうからな」

物騒な言葉に、ぞくりとする。

穏やかなアレックスらしくない言葉だ。どうしてそんなことを言うのだろう。ぼんやりとした頭の中に浮かんだのは、嫉妬――。

何を考えているのかしら、私……。

ステラを想っているアレックスが、ブリジットに嫉妬などするはずがない。自分の都合のいいように考えては、傷付くだけだ。

「あっ……」

そう考えているうちに、アレックスの指が付け根に到着した。薄い恥毛を撫でられ、心臓が跳ね上がる。

「薄い……な」

人と比べたことがないからよくわからないけれど、薄いと駄目なのだろうか。

あっ……こ、子供みたい……とか……!?

ただでさえ恥ずかしいのに、更に恥ずかしくて堪らない。

「あ、あまり……見ないで……恥ずかしい……」

「自分から脱いだのに……か?」

小さく笑われ、ブリジットは真っ赤になってふるふる震える。

「い、意地悪なこと言わないで……」

「意地悪なのはどっちだ。好きな男にはたっぷりと見せたのだろう?」

「そ、それは……」

普通抱かれる時には、そこをたっぷり見せるものなのだろうか。『見せていない』と言えば、疑われるかもしれない。答えかねていると、恥肉を大きな手の平で覆われた。

「ひゃ……っ……あっ……」

な、何……?

そこを弄ることはわかっていたけれど、覆ってどうするのだろう。とりあえずブリジットの希望通り彼からいやらしい場所が見えなくなったけれど、恥ずかしさは倍増したような気がする。

「どうなんだ?」

すると花びらの間に中指を差し込まれ、手の平全体で恥肉を揉むのと同時に、ぬるぬる動かされた。

「ひゃぅっ……!? あ、あぁっ……んぅ……っ」

乳首を弄られた時、この世にこれ以上の快感があるのだろうかと思うほど気持ちよかった。でも、これ以上があった。指の腹に幼い花芽が擦れるたび、身体の奥深くで甘い火花が弾けるみたいだ。

何……これ……何これ……身体……おかしくなっちゃう……っ。

「こんな必死に聞き出そうとするなんて……子供か、俺は……」

アレックスが苦笑しながら呟いた言葉は、未知の快感に狼狽しているブリジットの耳に全く届いていない。

ぬちゅ、ねちゅ、ぐちっ……。

指が動くたび、淫らな音が鼓膜を揺さぶる。

あ……! わ、私、濡れているんだったわ……!

そう思い出した瞬間――また奥からとろりと大量の蜜が溢れるのがわかった。このままではアレックスの手を汚してしまう。いや、もうすでに遅いかもしれないけれど、これ以上汚すわけにはいかない。

「や……アレックス……さまっ……は、離して……っそ、こ……だめぇっ」

「駄目？　……そのわりには、どんどん溢れてきているが？」

蜜口をなぞられると、ぐちゅぐちゅと淫らな音が大きくなる。

「やぁっ……だ、だから……なのっ！　……っアレックス様……の手……汚しちゃ……ぅ……っ……から……」

「気にすることはない。……お前の手だって……俺ので、どろどろに汚してしまっただろう」

「ぅう、ア、アレックス様のはいいのっ……！　私のはだめっ……絶対だめっ！　汚いものっ」

アレックスのは綺麗だけど、自分のは汚く感じてしまう。できることなら彼を今すぐバスルームへ連れて行って、この手を清めたいぐらいだ。

「くくっ……なんだそれは……」

なぜ笑うのだろう。真っ赤な顔をしながら菫色の瞳を瞬かせていると、膝の裏に手を入れられ、足を大きく広げられてしまう。

「きゃ、ぁっ⁉」

濡れて火照った秘部に、熱い視線と冷たい空気とを感じ、ぶるりと肌が粟立つ。

抱いて貰うには、足を広げなくてはいけないとなんとなくだけどわかっていた。でも、こんなに近距離で見られるなんて予想外だ。今さらになって閉じようとしても、アレックスの力に敵うわけがなかった。

「こんな綺麗な場所から出たものが、汚いわけがない」

アレックスは足の間に身体を割り込ませて閉じられないようにすると、両方の人差し指で花びらを広げ、皮を被っていた花芽を剝き出しにさせた。

「や……っ……だ、だめ……ひ、広げちゃだめぇ……っ」

恥ずかしくて堪らない。でもアレックスに見られていると思うとなぜかお腹の奥が熱くなって、新たな蜜がとろりとこぼれてしまう。溢れた蜜は窄まりを通り、シーツへいやらしい滲みを作っていく。

「シーツにまで垂らして……大洪水だな。好きな男に触れられた時は、これ以上に濡れたのか？」

「……っ……うぅ……そ、そういうこと……聞かないで……」

本当にお願いだから、これ以上聞かないで欲しい。こんな息をするのすらやっとの状態で、それらしい嘘を思いつくことなんて不可能だ。

「……ん……？　随分と膣口が小さいな。まるで処女のようだ……その男とはあまり回数をこなしていないのか？」

誰も侵入したことのない蜜口に、長く節くれ立った指がぬぷぷと音を立てながら入ってくる。

「ひ、ぁ……っ!?」

突然の侵入に驚き、ブリジットは大きな声を上げた。

「すまない。痛かったか？」

「……ン……ぅっ……へ、平気……っ……」

十分に濡れていたからか、一度達したおかげで身体から力が抜けていたせいなのかはわからないけれど、痛みはあまりなかった。でも少しだけひりひりして、異物感がある。自然と身体が強張って、指の形がわかるほど内壁がぎゅうぎゅうに締め付けてしまう。

「すごい締め付けだ……やはり、あまり慣れていないようだな。しっかりと慣らすから、心配するな」

「ま、だ……アレックス様の……入れて……くれないの？」

経験済みだなんて嘘がばれる前に、早く最後までして欲しい。

「ああ、このまま俺のを入れたら、怪我をさせてしまうかもしれないからな。……しっかりと解さないと」

確かにアレックスの肉棒はとても大きい。さっきは裂けてしまうのではないかと心配したぐらいだ。でもブリジットの膣内は、アレックスの指一本でいっぱいだった。こんな狭いのに、本当に解れるのだろうか。

解れなくても、裂けてもいいから、早く入れて欲しい。アレックスと一つになりたくて、涙が出てきてしまう。

「……こ、こ……ほ、解れる……の……？　ぁっ……あ、……ひ……ぅっ」

無骨な指がゆっくりとした抽挿を始め、指の動きと共にブリジットの身体がびくびく痙攣を繰り返す。

「ああ、ここは男を受け入れるようにできているからな。知っているだろう？　ゆっくり時間をかければ、しっかりと解れる……お前を抱いた男は、無理矢理入れたのか？」

指を動かされるたびに、ぐちゅぐちゅという音と共に蜜が掻きだされる。

「ふ、ぁっ……あっ……な、内緒……」

アレックス様の指……が、私の中にあるのね……。

そう意識すると中が切なく疼いて、蜜襞が勝手に動き、長い指をぎゅうぎゅうに締め付けた。

「あぅっ……ふ、ぅぅ……あっ……あぁっ……ひぁん……っ……」

身体の中を探られるような感覚に囚われていたけれど、もう片方の手で疼いていた花芽をくりくり擦られると甘い快感が少しずつ戻ってきて、中も異物感とは違う別の何かを感じ始めていた。

何……？　中……が、何か……変……。勝手にひくひく動いちゃう……！

「お前の中は、柔らかくて、狭くて、可愛いな……」

「んぅっ……ンぁ……は……っ……はぁ……っ……アレックス……さ、ま……も……ぅ……もう解れた……？　も、う……入れられる？」

涙を浮かべながら首を傾げると、月明かりに照らされたアレックスの頬が少しだけ赤くなったような気がする。

「……これ以上煽るな。俺の理性をどれだけ粉々に砕けば気が済むんだ」

煽る……？　理性？

なぜ煽られ、理性が粉々に砕けたのかちっともわからない。でもどうしてかなんて聞く余裕は全くない。次から次へと溢れる喘ぎで、喉は満員なのだ。

内側と外側、敏感なところを同時に弄られる刺激に翻弄され、赤く染まった肌がしっとりと汗ばむ。あまりの快感に目を瞑った瞬間——花芽に指とは違う、ぬるりとした感触を覚え、ブリジットはとろけた瞼をこじ開けた。

えっ……えっ……ええっ……!?

「え……っ……あっ……う、嘘……」

ぬるりとした感触の正体は、アレックスの舌だった。足と足の間に顔を埋め、高い鼻に蜜が付くのも構わないといった様子で、ねっとりと舐めあげている。

アレックス様の舌が……っ……わ、わ、私のそんなとこ……っ!? ……嘘っ……!?

高熱を出した時のように身体がかぁっと熱くなり、ブリジットは信じられなさから、とろけた目を見開く。

「や……だ、だめっ……そんなとこ……汚いわっ……な、舐めないで……っ……ふ、ぁっ……だ、だめぇ……っ」

舌先で弾くように舐められていたかと思えば、舌の表面でねっとりと包みこまれる。予測のできない動きに翻弄されながらも、アレックスを引きはがそうと必死で肩を押す。けれどそれは当然、徒労に終わった。

「お前のものだ。汚いはずがない……」

ちゅ、ちゅく、ちゅぷっ……じゅるっ……ぐちゅちゅっ……ちゅぐっ……。

「や……だめっ……だめぇ……っ……あ、ぅっ……ふぁんっ……やっ……あぁんっ」

恥ずかしい。アレックス様の舌……汚しちゃう……!

止めて欲しいと訴えながらも、燃え上がりそうなほど熱くなった身体は、止めて欲しくない。もっとして欲しいと強請《ねだ》るように、真っ赤に熟れていた。

一本でいっぱいだった中は、いつの間にか二本に増やされていて、ブリジットは中を掻き混ぜられる快感に目覚めていた。自分のよい場所を教えるように、自然と腰が動く。

「ここが好きなのか?」

アレックスもその意図を汲み取り、ブリジットが教えようとした場所を積極的に探る。

「ひゃぅっ……!　わ、わかんない……で、でも……そこ……他と……違う……の……」

「それが好き……ということじゃないのか?　……わからないのなら、試してみよう」

扉をノックするように何度も押されると、お腹の中で快感の塊がばちんと大きな音を立てて弾け、ブリジットは絶頂に押し流された。

「あ、あぁあぁああっ――――……っ」

腰が大きく浮き上がり、瞳からは涙が……アレックスの指を咥え込まされている膣道には蜜が溢れかえった。

「好きな場所だったみたいだな……気持ちいいか?」

ブリジットはなんとか頭を動かし、小さく頷く。

身体が……満たされていく。

好きな人に触れられるというのは、なんて……なんて、気持ちのいいことなのだろう。

幸せ……もう、死んでもいいぐらい……。

絶頂の痺れに身を任せてくったりしていると、蜜道を満たしていた指が引き抜かれ、代わりに何か硬くて大きいモノを宛がわれるのがわかった。

「ぁ……」

その正体がアレックスの欲望だと気付くには、瞬き一回分の時間もかからない。アレックスは白い足の間に埋めていた顔を上げ、ブリジットに覆い被さる。

「……入れる……ぞ」

低くて、少しかすれた声が耳元をくすぐった。

「……っ……は、はい……」

緊張して、思わず敬語になる。

やっと……やっと、抱いて貰える。

初めては痛いと言うけれど、どれくらい痛いのかしら。失神しませんように……。

期待と不安に胸を震わすブリジットの蜜道に、今にも破裂しそうなほど膨らんだ灼熱の杭の先が入ってくる。

「——……っ……ぃ……!?」

あまりに痛すぎて、骨までなくなったのではないかと思うぐらいとろけていた身体が、一気に強張った。

い、い、い、い、痛い——……っ！

まだ少し入れられただけだというのに、いっそ失神できたらよかったのではないかと思ってしまうほどの痛みを感じる。

い、いえ、駄目だわ。失神は駄目……！　アレックス様が驚いてしまうもの……！　経験者は痛がらない！　失神なんてしない！　……はずよね!?

「……ブリジット、……っ……どう……した？」

ブリジットが身体を強張らせたことに気付いたアレックスは途中で腰を進めるのを止め、ブリジットの頬を気遣うようにそっと撫でた。

ど、どうしよう……っ！

痛がっては、純潔だとわかってしまう。

なんでもないの、気にしないで。

笑顔を作って、そう言うつもりだった。そう言うつもりだったけれど、言葉が全然出てこない。やっとのことで出た声は『あ』とか『ふ』など、全く言葉になっていない。おまけに笑顔が作れない。苦笑いすらできない。潤んだ菫色の瞳からは、透明な滴がぽろぽろこぼれていた。

「……もしかして、痛い……のか？」

強張った身体が、ぎくりと引きつる。

「ち、……がっ……」

上手く言葉にできなくて、ブリジットは首を左右に振った。早く純潔を奪って欲しい。アレックスを最後まで受け入れたい。

「……そうか、よかった。……十分に慣らしたつもりだが、痛みを感じたら、すぐに……言え……ゆっくり……入れる……から」

言うつもりはなかったけれど、こくこく頷いた。再びアレックスが腰に体重をかけ、処女肉をメリメリ押し広げていく。

「うぅ……っ……」

指で掻き混ぜられていた時は、異物感を覚えながらも気持ちよかった。けれど今は痛みしか感じられない。根元まで入れられるまで、わずかな時間しか経っていないはずなのに、あまりの痛さに永遠と思えるほどの時間に感じた。少しの隙間もないぐらい、中が押し広げられているのがわかる。

アレックス様が、私の中にいる……。

ずっと、ずっと手を伸ばしても届かなかった人……触れられたけれど、触れられていなかった人が、私の中にいる。

ずっと、ずっと好きな人が……私を抱いてくれている……。

すごく痛いけれど、夢のようだった。

「……っ……はぁ……ブリジット……力を入れすぎ……だ……少し、緩められる……か？」

「ゆ、る……っ⁉」

どうしたら緩められるかなんて、経験のないブリジットにはわからない。

「……っ……く……」

アレックスが苦しそうに息を吐いている。もしやアレックスも痛いのだろうか。狼狽しながら混乱のあまり緩まって！　と身体に念じてみたけれど、緩まるわけがなかった。

どうしよう、どうしよう、どうしよう……！

「ご、めんな……さ……どう、すればいい……か……わ、わからな……っ……」

息も絶え絶えにぽろぽろ涙をこぼすブリジットを見て、アレックスがはっとした表情を浮かべる。

「まさ……か……」

アレックスは目いっぱい広がった蜜口に指を伸ばし、溢れていた蜜をすくい上げた。月明かりに照らされたその指には、確かに破瓜《はか》の証が混じっている。

「……処女、だったのか？」

とうとうばれてしまった。もう、言い逃れはできない。

アレックスは、ブリジットが経験者だと知ったから抱いてくれる気になったというのに、純潔だったと知られてしまっては、途中で止められてしまうかもしれない。

家庭教師から教えて貰った男女の営みは、男性が女性の中に子種を放つまで終わらないと聞いているし、過激な描写があるロマンス小説でも、そういう流れだった。これでは、まだアレックスに抱いて貰ったとはいえない。

嫌……せっかく抱いて貰えると思ったのに、途中で止めるなんて絶対に嫌……！

ブリジットは涙をこぼしながら、アレックスにぎゅっとしがみ付く。

「や……嫌……嘘……吐いて、ご、ごめんなさ……ぃ……っ……で、も……でも……お願い……一生のお願いよ……途中で止めたりしないで……」

込み上げてくる嗚咽を堪えながら、必死で言葉を紡ぐ。

するとなぜかブリジットの中を目いっぱい広げている欲望がどくんと脈打ち、更に大きくなった気がする。

「……っ……ブリジット」

「お願い……お願いだから……っ……ンぅ……!?」

震えながら懇願する声は、アレックスの情熱的な口付けに呑み込まれた。痛みに引きつっている小さな舌は、口の中でチョコレートを楽しむかのようにねっとりと転がされる。

「ン……ふ……っ……んんっ……」

ミルク色の胸や興奮でチェリーピンクに染まった小さな乳首も、口付けと同時に大きな手から巧みな愛撫を受け、引きつった身体が解れていく。

「……すまない……な」

アレックスは唇を離してすぐに、謝罪を呟いた。

「……っ」

ああ、やはり駄目だった。このままもう終わってしまう。

そう思って絶望したその時——アレックスの指が花びらの間に潜り込み、花芽をぬるぬるなぞり始め、心臓が跳ね上がる。

「ふ、ぁ……っ⁉」

指が動くたび痛みが遠ざかり、身体が急激に快感を思い出していく。アレックスは白い肌に吸い付きながら、低い声で囁いた。

「……どんなに痛がっても、止めてやることなど……できそうにない……耐えてくれ。ブリジット……」

え……それって……。

予想外の言葉すぎて、理解するのに時間がかかる。ブリジットがその言葉を噛み砕くよりも早く抽挿を始められたので、もう何も考えられない。

ぬちゅっ……ずっ……ずちゅっ……ぐ……ぐちゅっ……。

「ひんっ……⁉　ふ、ぁ——……っぁ……あっ……あぁっ……！」

押し開かれたばかりの蜜襞に、自分の形を教え込んでいくかのようにゆっくりとした動きだった。

ゆっくり、ゆっくり……。

唇と舌で乳首を刺激し、指の腹で敏感な花芽を転がしながら、抽挿が繰り返されていく。

「は……っ……んんっ……ン……ぅ……はぁっ……ン……ぅ……っ」

「息……を、止めるな。……止めて……は……辛いぞ……ゆっくり吸って……吐いて……」

「んんっ……ふ……ぁっ……は……ぁ……は……ぁっ」

アレックスの合図で、ブリジットは忘れかけていた呼吸を思い出す。

どうしてだろう。さっきまで呼吸を忘れるほど痛かったのに、擦られるたび痛みがだんだん鈍くなっていくみたいだった。痛みに慣れて麻痺してきたのだろうか……それとも快感が痛みを上回ってきているのだろうか。

まだ完全に痛みは消えてくれていないけれど、なぜかもっと擦って欲しくなる。痛いのは怖いし、嫌い。それなのにこれは、嫌いじゃない。どうしてなのだろう。

「……ああ……上手……だな。いい子……だ……この調子……で、ちゃんと息……をして……俺の唇や指に集中していろ……あまり長引かせないように……するから……」

泣きすぎて腫れた瞼にちゅっと唇を落とされると、胸の中が甘く震えた。

どうして嘘を吐いた私に、優しくしてくれるの……？

さっきまでは意地悪だったのに、こんなにも優しくされたら……また欲張りな自分が我儘なことを考え始めてしまう。

好き……アレックス様……別れたくない……ずっと一緒に居たいの……。

ブリジットの思考が働いたのは、ここまでだった。なぜならアレックスの腰遣いが激しくなっていったからだ。

「あっ……やぁっ……は……んんぅっ……あっ……あぁっ……」

「……っ……なんて身体……だ……っ……何もかも……投げ出して……ひたすら貪ってい
たく……なる……」

押し広げられたばかりの恥肉に激しく擦りつけられると、遠くに痛みを感じながらも、頭が真っ白になっていく。

アレックスが何か言っているのがわかっても、意味まではわからない。ただ、彼に侵食されていくことに悦びを感じ、恥ずかしい声をこぼし続けた。

「出す……ぞ……ブリジット……」

「あっ……あぁっ……はぅっ……ン……あ、あぁ――――……っ！」

やがて肉棒は最奥で大きく脈打ち、二度目の射精とは思えない大量の欲望を吐き出した。受け止めた膣肉が最後の一滴まで逃したくないというようにびくんびくんと痙攣し、脈打つ男根を根元から絞り上げた。

身体が満たされていくのと同時に、心が乾いていく。

どうしよう……私、一度でいいと思っていたのに……一度でいいからアレックス様に抱かれたい、それだけで十分だと思っていたのに。どうしよう……。

――もっと……もっと、アレックス様が欲しい。

アレックスはすぐには引き抜かずに、そのままブリジットを優しく抱きしめてくれた。どうして抱きしめてくれるのかはわからないし、聞いてみたいけれど聞ける余裕もない。触れた肌から彼の心臓の音が伝わってきて、その音を聞いているうちに胸がいっぱいになって、ブリジットはいつの間にか眠りに落ちていた。

◆◇◆

「いいか、アレックス。まだ幼いとはいえ、ステラはお前の婚約者だ。足繁く通って、仲を深めるように」

父からの助言を受け、アレックスはアーウィン邸へ頻繁に足を運んでいた。

アレックスとステラの婚約は、ステラが生まれて間もなく結ばれたものだ。

年齢差は十一歳。貴族同士の結婚では、これくらいの年齢差は珍しくない。親の決めた結婚。家と家の結びつきのためのもの。結婚というものはそういうものだと考えていたし、不満はなかったけれど、困りごとはあった。

幼い婚約者とどう接したらいいか、何を話したらいいのかわからなかったのだ。剣の扱いには慣れていたが、子供を相手にする機会など全くなかったものだから扱い方が全くわからない。アレックスは子供への接し方が書かれた本や子育て本を手に、悩みに悩んでいた。

困ったものだ。泣かれないといいが……。

その心配は大的中し、熊のように大柄なアレックスに怯えたらしい赤ん坊のステラは、アレックスが来ると泣きじゃくって止まらなくなる。このままでは引きつけを起こしかねないと、物心がつくまで立ち入りを自粛することになったのだった。

物心が付いたら付いたで、泣かれはしなくなったが、事態はあまりよい方向へは転ばない。

「ス、ステラ、元気だったか？」

やっと泣かれなくなったものの、どう接すればいいかやはりわからないな……。

「……アレックス様、ごきげんよう。…………ふつう、です」

アレックスの緊張が伝わったのか、ステラも妙に警戒して懐こうとしなかった。……が、妹のブリジットが生まれてからというもの、その悩みはあっさり解決することになる。

「ステラ、元気だったか？」

「こんにちは、アレックス様！　元気よっ！　それよりも今日のブリジットを見た？」

今までは強張っていた顔で、明らかに『また来たのか』という表情を浮かべていたステラだったけれど、ブリジットが生まれてからというもの、笑顔で迎えてくれるようになった。

「ああ、大分髪が伸びてきたみたいだな。リボンをつけていて可愛かった」

ブリジットが生まれた時、アレックスは内心穏やかではなかった。祝う気持ちはもちろんあったけれど、また泣かれるかもしれないという恐怖があったのだ。

しかしブリジットは、アレックスを見ても泣くことは一度もなかった。泣くどころか顔を合わせるたび、満面の笑みを見せてくれるのでそれはそれは驚いた。

可愛い……。

後にも先にも、そう思ったのはブリジットだけだった。

人懐っこい性格なのかと思えば、そうではないらしい。他の客人が来ると火が付いたように泣き出すそうで、それを聞くと余計可愛くて堪らない。

天使だ。天使に違いない。

「あのリボンは私とおそろいなのよ。これからおそろいのものをうーんと増やしていくつもり。ねぇ、こんなところで二人きりなんてつまらないわっ！　ブリジットのところへ行きましょうよ」

「ああ、そうしよう」

アレックスとステラの距離はだんだんと縮まっていったけれど、それは『婚約者』としてではなく、ブリジットがいかに可愛いかという意見を共有する、仲間のようなものだった。

「ブリジット、お姉ちゃんよ。うふふ、ちょうど起きていたみたいでよかったっ」

「赤ん坊は寝るのが仕事だ。しっかり眠って、大きくなるんだぞ」

ベビーベッドに寝そべったブリジットは、菫色の瞳を輝かせ、嬉しそうにばたばた手足を動かす。

「あーぅ」

伸びてきたふわふわのストロベリーブロンドには、可愛らしいピンク色のリボンがくっ付いている。

「うふふ、なんて言ってるのかしら。早くおしゃべりしたいわ」

「ああ、本当だな」

来たる日が訪れ、ステラと婚姻を結んだ末には、義理の妹となる可愛いブリジット。正直なことを言うと、初めはステラの扱いに困っていたので、アーウィン邸に来るのは憂鬱だった。けれどブリジットが生まれてからというもの、ここへ来るのがいつの間にか癒しの時間であり、楽しみになっていた。

可愛いブリジットの成長を見ながら、ステラと共にブリジットが今日はあーした、こーした、と語るのが本当に楽しいのだ。ブリジットが話せるようになり、大きくなってからはもっと楽しくなった。

「いらっしゃい！　アレックスお兄様っ！」

「ブリジット、元気にしていたか？」

自分の姿を見つけると、必ず嬉しそうに駆け寄って来てくれるのが嬉しい。せがまれて抱っこをしてやると、胸の中が優しい気持ちで満たされていくのがわかる。

天真爛漫。いつだって澄んだ瞳で見つめてくるブリジットが愛おしくて、この世の悲しいことなど全て取り除いて、いつまでも、いつまでも守ってやりたいと思う。

「ええ、とってもっ！」

父性愛というのは、こういうことを言うのだろうか。

「素晴らしいレディになれたら、私をお嫁さんにしてくれる？」

ブリジットはステラがアレックスの婚約者だということを、まだ知らされていない。だから会うたび、お嫁さんにして欲しいと可愛いおねだりをしてくれるのだ。

「お前が大きくなる頃、俺はおじさんだぞ。それに大きくなったお前には、俺のようなおじさんよりもっとふさわしい良い男が、間違いなく現れるはずだ」

自分で言っておきながら、想像すると腹が立つ。ブリジットの夫になる男は、アーウィン子爵に頼み、自分が見極めさせて貰おうと固く決意する。

「私はアレックスお兄様が大好きなのよ!?　他の人じゃいやっ！　意地悪っ！」

純真無垢な菫色の瞳が、真っ直ぐにアレックスの瞳を見つめる。

……ああ、無理だ。こんな可愛いブリジットが嫁に行く姿など、想像したくない。

できるだけゆっくり大きくなってくれ。いや、嫁になど行かないでくれと、心の中で密かに思ってしまう。

◆◇◆

女性の成長はとても早いとよく聞いていたが、これほどまで早いとは驚いた。

「綺麗だな。初めて見た顔だが……どこのご令嬢だ？」

「ああ、アーウィン子爵家のご令嬢のレディ・ブリジットだ。つい先日社交界デビューしたばかりらしい」

十六歳になったブリジットは、愛らしい少女から、眩いほど美しい女性へと成長した。

本人は全く気付いていない様子だったが、社交界に出てからというもの未婚、既婚を問わず、男性からの注目を多く集めていることをアレックスは知っている。

「アーウィン子爵家のご令嬢？　……あっ！　ルーベンス団長のご婚約者か！」

「ルーベンス団長のご婚約者はレディ・ステラで、彼女は妹だ」

今日は城で舞踏会が行われた。アレックスは騎士団長として警備の指揮を取りながら、ブリジットが不埒な貴族男性にたぶらかされないか、何か問題ごとに巻きこまれないか、目を光らせていた。

ブリジットはひっきりなしに男性からダンスに誘われ、断りきれずに何度も何度も踊るはめになっていた。透明感のある白い肌は、度重なるダンスによって息が切れて紅潮し、ステップを踏むたびに柔らかなストロベリーブロンドの髪がふわりと揺れる。胸元を出さない可愛らしいデザインのドレスを着ていたが、隠していることでかえって興味をそそられてしまうのか、顔と豊かな胸を交互に見ている輩を何人も発見して、切り殺したくなる。

「なるほど、じゃあ俺にもチャンスはあるってことか。団長、紹介してくれないかなぁ」

「……ほう、警備中にそんなことを考える余裕があるということは、よほど体力が余っているようだな?」

いきなり背後に立たれた若い騎士は、アレックスのしかめっ面を見て、化け物でも見たような表情を浮かべた。

「げっ……！　だ、団長！　も、申し訳ありませ……」

「そんなに体力が余っているのなら、舞踏会終了後に剣の訓練をしてやろう」

踵《きびす》を返して持ち場へ戻ると、そんな〜！　という哀れな声を背中に浴びた。

チャンスなんてあるものか！　そんなものあったとしても、俺が握りつぶす！

男性がブリジットを見るのも、ブリジットが自分以外の男性を見るのも、面白くない。

見ていると、腹の中が黒い何かもやもやしたものでいっぱいになっていくのを感じる。けれど目を逸らすことができない。

――父性愛。

血が繋がっていなくてもこんな気持ちになるのだから、実の父親はさぞかし大変なのだろう。

「ふふっ……やだわ。アレックス様……ふふっ……あはっ……あははっ」

ある日のこと、ステラといつものようにブリジットのことについて語っていた際、父性愛の話をしたのだが、彼女になぜか大笑いされてしまった。

「何がおかしい？」

「だって……ふふ、父性愛って……あーお腹が痛いわ……うふっ……ふふっ！」

ステラの眦には、笑いすぎて涙が滲んでいる。

「別に面白いことは言っていないと思うが……」

ステラが成長していくにつれて、二人の関係性が婚約者らしいものになっていくだろうとなんとなく思っていたけれど、婚約者……というよりは、性別を超えた親友のような関係性へ変化していた。二人の会話の中心は、幼い頃と変わらない。ブリジットのことばかりだ。

「だって面白いんだもの。ふふ、それは父性愛なんかじゃないわ。……そうねぇ、最初は父性愛だったかもしれないけど、変化したでしょう？」

「何を言っている？」

「婚約者である私がいるせいで、抑圧されるものね。心の中に鍵をかけて、気付かないふりをしているのかしら。それとも案外鈍いのかもしれないわね」

ステラはにっこりと微笑み、艶やかな栗色の髪を自身の指に巻き付ける。

「何のことだ？」

「さぁ、なんのことでしょう」

気付かないふり？　意味がわからない。鈍い？　いや、鋭くはないかもしれないが、鈍くもないつもりだ。……変化とはなんだ？

その答えが出たのは、それから数日後のことだった。

「わ、私……ね、好きな人ができたの」

ブリジットに、好きな男……!?

鈍器で頭を殴られたような気分だった。

「……どこのどいつだ。名前は？　相手もお前を好いているのか？」

「え……」

体中の血液が一瞬にして蒸発してしまいそうなほど激しく沸騰し、頭に上っていくのがわかる。

……なんてことだ。

父性愛なんて笑わせる。どこでどう変わってしまったんだ。俺の気持ちは……。

気付いてしまった。この気持ちは、紛れもなく――嫉妬だった。

◆◇◆

――俺は、なんて最低な男なんだ。

可愛いブリジット、愛しいブリジット、なんて可哀想なブリジット……。

大好きな姉が失踪し、好きな男ができた矢先に義兄になる予定だった男と結婚させられるなんて、さぞ辛いことだろう。

この世の悲しいことなど全て取り除いて、いつまでも守ってやりたい。……なんて、笑わせる。ブリジットを悲しませているのは、自分だというのに……手に入れられたと喜んでしまう自分は、なんて最低な男なのだろう……。

「時間がないのはわかっているが、最高の物を仕立ててくれ。彼女の愛らしさを前面に押し出すような……あ、だが、俺の好みばかりを押し付けるのはよくないな。彼女の好みを最優先にして最高のドレスを作ってくれ」

「かしこまりました」

自分でも呆れるほど注文を付けて作らせたこだわりのドレスを着たブリジットは、直視できないほど美しくて、改めて自分が恋心を抱いていたことを確信させられた。

父性愛なんて、本当に笑ってしまうな……。

結婚式の誓いの口付けの時、ブリジットは涙を流していた。

きっと好きな男を思い浮かべながらも、家のために諦めなくてはと思っているのだろう。

姉がどこへ行ってしまったのか心配なのだろう。純粋無垢な綺麗な心は、きっとずたずたに傷付いているのだろう。

……俺は、本当に最低な男だ。自分ばかり喜んで……なんて最低なんだ。

唇を奪いたい気持ちを抑え、なんとか参列客には口付けしているように見える、唇ぎりぎりの場所へ唇を付けた。

今までは義兄として慕ってくれていたのに、こんな自分勝手な心を見せたら、たちまち嫌われてしまうことだろうな。

ブリジットからの軽蔑の眼差しを想像するだけで、心臓が止まりそうになる。

嫌われたくない……それ以上に、ブリジットを幸せにしたい。いつか頃合いを見て離婚し、好きな男のもとへ行かせてやろう。それまではどんなに触れたくても、絶対に我慢する。そう心に決めて夫婦生活をスタートさせた。

……のだがあまりの誘惑に、鋼の理性を持ち合わせていると心の中で自負していたアレックスの理性は、早くも崩れ落ちそうになるという窮地に追い込まれていた。

ステラが駆け落ちし、代わりに妹であるブリジットがルーベンス伯爵家へ嫁いだという噂は、ゴシップ好きの貴族たちの間にたちまち広がった。正直ルーベンス伯爵家の名に傷がつくどうのこうのは、どうでもいい。気がかりは、ブリジットの心だ。心無いゴシップが彼女の心に傷を作るかもしれない。それだけはどうしても耐えられない。

本来なら理性を守るため、寝室は別にしたかったのだが……結婚して早々寝室が別なんて噂がどこかから漏れてしまえば、夫婦生活がないなどと、ゴシップのネタにされるだろう。

そういうわけで同じ寝室で枕を並べて眠ることになったのだったが、予想以上の苦行だった。

自分の気持ちは、一体いつから変わってしまったのだろう。幼い頃からまさかすでに⁉ いやいや、そんなはずはない。さすがにそんな変態ではない……と信じたい。確かに出会った時からブリジットは、自分にとって特別な女の子だった。それは間違いない。

いつからブリジットを好きになっていたか何度も考えたけれど、明確に『いつから』という説明はできない。いつの間にか心の中に恋の種が落ちてきて、長い年月をかけて発芽したのだろう。明確な時期は本当にわからないけれど、ブリジットを子供としてではなく、女性として愛しているという気持ちははっきりとしていた。

「えっと、おやすみなさい。アレックスお兄……いえ、アレックス様」

「ああ、おやすみ」

眠ったふりをして、ブリジットから小さな寝息が聞こえてきたのを確かめてから目を開け、愛らしい寝顔を眺める。

子供として愛しているのなら、隣で無防備に眠っているブリジットを襲いたいなどと思うはずがない。可愛らしいナイトドレスを脱がして、隅から隅までじっくり眺めたい。呼吸をするたび上下するこの豊かな胸に五本指を食い込ませたいなどと、不埒なことを考えるはずがない。

ああ、本当に俺はなんて最低な男なのだろう。

無になれ。煩悩を捨てろ。と心の中で呟きながら、なるべく隣で眠るブリジットを見ないよう目を瞑ってじっとするのは、新米騎士だった頃に一週間不眠不休で行った訓練よりも厳しい。

俺の中の理性たち、負けるな！　どうか頑張ってくれ！

理性との戦いは、かなり過酷を極めた。

いつもは可愛らしく、かつあまり肌を見せないデザインのナイトドレスを着ていたブリジットが、大胆なデザインのものを身に着けた時など、大砲の攻撃を真正面から食らったかのような衝撃を受けた。

深く開いた胸元からは谷間が丸見えだった上に、薄い布地だったので愛らしい乳首の形が浮いて見えていた。フリルがたっぷり付いた裾は、いつもより数段短く、白い太腿が露わになっている。……少しでもかがめば、尻が見えてしまいそうだ。

「……そんな薄着では風邪を引いてしまうぞ。ほら、しっかりと腕を通して」

「へ、平気だわっ……今日は暖かいし、これからベッドに入るもの」

確かに今日は暖かい。だが、このままではまずい。確実にまずい。理性がやられてしまう。

理性は全滅に近かったが、なんとかブリジットにナイトガウンを着せる。

真面目なブリジットのことだ。きっとメイドに流行りだとか、これくらい着ないとおかしいなどと勧められたのだろう。

一体、誰だ？　エレナか？　眼福とはこのようなことを言うのだろう。素晴らしいものを見せて貰った代わりに、特別手当てを付けてやろうか。……ではなかった。まずい、本当にまずい。

これで戦いは終わったかのように見えたが、なんとまだ終わっていなかった。

「ちゃんと唇に口付けして、私を……だ……抱いて欲しいの……！」

再びナイトガウンを脱いだブリジットからのとんでもない攻撃に、アレックスの防御が全て壊される。

もう、限界だ。

小さな肩に手を置き、ブリジットが怯えたようにびくんと身体を跳ね上がらせたところではっとした。

しっかりしろ。俺……！

彼女は本心から抱いて欲しいと言っているわけではない。家のため、妻としての役目を果たそうとしているだけだ。

これ以上傷付けてどうする。ブリジットに再びナイトガウンをきっちりと着せ、肩までブランケットをかけてやる間に、崩された防御を再び固め直す。

——俺はブリジットを傷付けたりなどしない。

◆◇◆

「ブリジット？」

数度目の呼びかけに、ブリジットはハッとした表情を見せ、慌てて笑顔を作る。自室のソファで物思いにふけっていたようで、アレックスが入って来たことにも気付いていない様子だった。

「あ……ごめんなさい。少しぼんやりしてしまって……」

結婚してから三か月——ブリジットはだんだんと元気を失っていった。健気な彼女はその様子を見せないようにしているつもりなのだろうが、アレックスにはお見通しだ。

義兄になるはずだった好きでもない男と結婚させられた上に、大好きな姉が行方不明なのだから当たり前だろう。いつかブリジットが好奇の目で見られないような頃合いで離婚し、好いた男のもとへ行かせてやるつもりだったが、今は無理だ。自分の気持ち以上に、まだ頃合いじゃない。未だ貴族たちの好奇の視線は、自分たちに集中している。

それならばせめてステラがどこにいるかを教え、安心させてやりたい。ステラの行方はアーウィン子爵家も探していたが、こちらでも探していた。もしステラを見つけられたら、駆け落ち相手と日が当たらない場所で幸せになるのではなく、正々堂々日が当たる場所で幸せになれるよう助けになるつもりだ。

早く、早くステラを見つけなくては……。

一生懸命だったせいか、珍しくうたた寝をして、夢にまで見てしまった。夢の中では簡単にステラを見つけ出すことができて、ブリジットがすっかり元気を取り戻していたが、現実はなかなか上手くいかない。

焦りを感じる中、事件は起きた。それは、激しく雷が鳴っていた夜のこと——。

理性で防護壁を張り、アレックスは今日も寝たふりに勤しんでいた。嵐のせいだろうか。ブリジットはなかなか寝付けないらしい。先ほどからころんころんと寝返りを繰り返している。

彼女が寝返りを打つたび、甘い香りが鼻腔をくすぐる。

……しっかりしろ、俺！　負けるな、理性！

心の中で自身を励ましていたその時、大きな稲妻の音が響き、雷の音に驚いたのか、ブリジットが抱きついてきた。

「きゃあっ……！」

アレックスは思わずびくっと身体を跳ね上がらせてしまう。まずい、寝たふりがばれる。開きそうになった瞼を固く閉じ直し、再び寝たふりをしたものの——……。

腕にむにゅっと胸の柔らかな感触を覚え、沸騰したように熱くなった血液が下肢の中心へ集まっていってしまう。

待て、待て、待て、待て！　落ち着け！　思春期の若造でもあるまいし、すぐに反応するな！　馬鹿者！

ブリジットはなかなか離れようとしない。雷が怖いのだろう。そんな彼女を愛おしく思うと、ますます血液が沸騰していく。

「ごめんなさい……」

抱きついたことを謝っているのだろうか。眠っている相手に謝るなんて、やはりブリジットは真面目で律儀だ。そう思っていた次の瞬間——一際大きい雷の音と共に、唇に柔らかな感触がやってきた。

――なんだ!?

考えるまでもなかった。それは――唇を重ねられる感触だった。

一体どうなっているのだろう。今のは自分の願望が生みだした、夢なのではないだろうか。

「ん……っ」

しかし、ブリジットは翌日も唇を重ねてきた。しかも舌まで入ってきているのだ。夢なわけがない。小さな舌が咥内を拙い動きで探る。かろうじて動いていた理性は、その口付けによってあっけなく壊れた。入り込んできた舌を捉え、小さく愛らしい舌を眠ったふりをしながら貪る。

ブリジットがなぜ自分の唇を奪ってきたのか――最高の感覚に酔いしれながらも、最悪な答えは、すぐに見つかってしまった。

好きな男にできないことを、眠っている自分にしているのではないか……ということだ。自虐的すぎるかと思ったが、そうとしか思えない。結婚して三か月が経つとはいえ、好きになったばかりの男をそう簡単に忘れられるはずがない。きっと相当思いつめたのだろう。

胸の中が嫉妬で焼け焦げそうだというのに、下肢の中心はすっかり張りつめていた。こんなことは間違っている。起きてもう止めるように、窘めなければ……。

「ん……ふ……んんっ……ん……」

そう思っているのに、壊れた理性は、全く復活の兆しを見せない。

——俺は、どこまで最低な男に成り下がれば気が済むんだ。

アレックスの眠りが相当深いと思いこんでいるブリジットは、その日から何度も唇を奪い、それだけでは飽き足らず、身体にまで手を伸ばしてきた。

ブリジットの幸せのため、彼女とはいつか離婚する。だから彼女を穢してはいけない。指一本触れられないと思っていたのに、アレックスは好きな女性から触れられる悦びに打ち震え、されるがまま彼女を受け入れ続けた。しかも寝惚けたふりをして、彼女の柔らかく甘い身体にまで触れてしまった。

「あっ……あぁ……だ、だめぇ……っ……んんぅ……あっ……ン……っ」

可愛い声をもっと聞きたい。もっとこの柔らかな身体に触れたい。

鋼だと思っていたアレックスの理性は、生クリームよりも脆く、元に戻すどころか崩れ落ちる一方——。

最低というより、変態だろう。これでは……。

今日こそは……今日こそは、起きて窘めなければ……。

そう思い続けて何夜経ったのだろう。突破された理性を元に戻せないまま、とうとうブリジットの攻撃は、下肢の中心でいきり立っていた欲望にまで伸びてしまった。

そして、悲劇はついに起きる。

ブリジットの手淫で昂った肉棒は、理性と快感との戦争に負け、情けないことに彼女の手の中で射精してしまったのだ。菫色の瞳が狼狽するのを見て、今まで築き上げてきた信用が、がらがら崩れ落ちていくのを感じる。

そして……。

「アレックスお兄様は、子供な私の身体でも反応してしまうのね。恥ずかしいわ」

身体を自由に動かせないまま触れられ、ブリジットから意地悪なことを言われると、なんとも言えない興奮が押し寄せた。

俺は……変態か！

——もう、元には戻れない。

「……っ……何が……望みだ？」

「私の望みは、前から変わっていないわ。あなたに……だ、抱いて欲しいの」

手の自由を奪われ、再び肉棒をしごき上げられると、感情が剥き出しにさせられていくようだった。

「無理……だ。いつ……か、お前が他の男と……結ばれる……時、純潔でなけれ……ば、……お前が傷付く……っ」

——ブリジットが誰を思っていようが、本当は誰にも、渡したくない。

「そ……の、……心配はないわ。だって私、……じゅ、純潔じゃないもの」

気が付けば手首を縛ったタッセルを無理矢理引きちぎり、ブリジットを組み敷いていた。

繋ぎ目から破瓜の証がこぼれているのに気付き、心が震えた。


心は無理でも、身体だけは、自分のものにできたのだ――と。


俺は最低な男だ。けれど、誰よりもブリジットを愛している。

もう、誰にも渡さない。ステラがいなくなったことで責任を感じ、自分の傍に居てくれているだけだとしても、その気持ちを利用してでもブリジットを離したくない。

たとえ最低な男に成り下がったとしても、気持ちを自覚した瞬間から、もう止められるわけがなかった。

心にいる好きな男の存在など、俺が忘れさせてやる。

ステラを見つけて、ブリジットの元気を取り戻すことができたのなら――自分の気持ちを伝えよう。そう決意し、アレックスは自らの欲望をブリジットの小さな中へたっぷりと注ぎ込んだ。

第三章　意地悪な愛情表現

アレックスと初めて身体を重ねてから、一週間が経とうとしている。ブリジットは自室に一人引きこもり、大きなため息ばかり吐いていた。

なぜなら翌日から騎士団の仕事が忙しくなり、アレックスはこの一週間屋敷に帰らず、城に泊まり込んでいるのだ。身体を重ねた日はあまりに身体が怠くて、アレックスが起きたのにも気付けず、結婚してから初めて見送りができなかった。……つまり、身体を重ねていた時に交わしたのが最後の会話だ。

ブリジットが夜な夜なアレックスの身体に触れていたことや、経験済みだなんて嘘を吐いたことをどう思っているのだろう。やはり怒っているだろうか。

明日は城で舞踏会が行われるので、以前からアレックスと一緒に出席する予定を組んでいた。一週間ぶりに会えることが嬉しい反面、彼の反応がどう来るのかが怖い。

一週間ぶりに顔を合わせた瞬間に見せるのは、何度想像しても、侮蔑の表情――。当然だ。あんなことをしたのだから……。

会うのが怖い……でも、寂しくて、会いたくて堪らない。抱いて貰った翌日は、破瓜の痛みも手伝い、彼がまだ身体の中にいるみたいだった。でも一週間経った今は、痛みもなくなり、彼のモノが中に入っているような違和感もすっかりなくなってしまった。もしかしたら、ブリジットが待つ屋敷に帰るのが嫌で、忙しいふりをして城へ泊まり込んでいるのだろうか。

「……っ」

一人でいると、嫌な考えばかりが浮かんでしまう。

侮蔑されるのは怖いけれど、やっぱりアレックスに会いたい……。

早く……早く、明日になって……。

◆◇◆

翌日――エレナを始めとしたメイドたちの手を借り、ブリジットはアレックスが用意してくれた華やかなドレスに身を包んでいた。菫色のドレスは、たっぷりとレースが付いた可愛らしいデザインだ。

結い上げたストロベリーブロンドには ドレスと同じ色をした生薔薇やりぼんを飾り、首元には大きなアメジストのネックレスが光っている。

「まぁ、素敵！　奥様の瞳の色に合わせてお選びになったのですわね」

「旦那様が見たら、あまりの美しさに感動いたしますわよ」

「……ありがとう」

忙しい時間を割いて、自分のためにドレスを選んでくれたのは嬉しい。でも、感動するなんてことは有り得ない。だってアレックスは、ブリジットのことなどなんとも思っていないのだから……。

この間抱いてくれたのだって、ブリジットが強引に迫ったからだ。後戻りできないよう彼の退路を断って、そうせざるを得ない状況を作った。きっと嫌われた。いや、嫌われなければおかしいのではないのだろうか。

昨日は早く会いたくて堪らなかったけれど、やっぱり会うのが怖い。嫌われたという現実を突き付けられるのが怖い。

ブリジットのそんな気持ちを待つことなく、アレックスは用意が整う頃を見計らったように帰って来た。彼は使用人に舞踏会用の衣装を届けさせていたらしく、帰って来た時にはいつもの甲冑姿ではなく、ダークグレー色のフロックコートに身を包んでいた。

甲冑姿も凛々しくて素敵だけれど、フロックコート姿もまた美しい。でもアレックスは、こういった装いはあまり好きではないらしい。逞しい体付きをしているせいなのか、窮屈で肩が凝ると前に言っていた。油断すると無意識のうちに、クラヴァットを緩めようとしてしまうみたいで、何度も首元に手をかけている。

「ブリジット、一週間も帰れなくてすまなかったな。変わりはなかったか？　一応変わりはないと報告は聞いていたのだが……」

「え、ええ、えっと、大丈夫よ。何もないわ」

一週間ぶりに会ったアレックスの態度は、ブリジットが予測したものとは全く違っていた。

「そうか、よかった。……ドレス、着てくれたのか。よく似合っている。綺麗だ」

「……っ……えっと、あ、ありがとう。アレックス様が選んで下さったって聞いたから、驚いたし、嬉しかったわ」

「ああ、衣服に無頓着な俺が選んだものだから、お前に気に入って貰えるか不安だったが……大丈夫だったか？」

「そんな！　気に入らないわけがないわ。ありがとう、宝物にするわね」

侮蔑の表情を浮かべるわけでも、気まずそうにするわけでもない。以前と全く変わらなかった。いつもと同じように優しく、まるであの夜がなかったかのように思えるほどだ。

――いや、もしかしたら、なかったことにしようとしているのだろうか。

アレックス様にとって、あの夜はなかったことにしたいぐらい嫌なことだったの？　それとも、こうして何事もなく普通に戻れるほど、他愛のない出来事だった？

胸が苦しくて、涙が出そうになる。気になりながらも聞けない自分は、なんて意気地なしなのだろうと、アレックスにわからないよう唇を噛んだ。

◆◇◆

何度来ても、城の重厚な雰囲気や煌びやかさには圧倒させられてしまう。

広大なホールの天井には青を基調にした美しいフレスコ画が描かれ、クリスタルをあしらったシャンデリアがきらきらと輝いている。純白の壁に黄金の柱、大理石でできた艶やかな床――美しい衣装に身を包んだ花のような貴婦人たちが、紳士の手を取って踊っている。甘い香りに大人の香り……一歩足を踏み入れると、あまりの眩さに少し眩暈がする。

「あら、ルーベンス伯爵夫妻だわ」

「夫婦そろって社交界に出て来るのは、初めてだな」

「以前は姉の方と結婚する予定だったと聞いたが……」

ゴシップ好きの貴族たちの好奇の視線は、まぎれもなくアレックスとブリジットに集まっていた。

何を話しているかまでは聞こえないけれど表情から見て、いい話をしているようには感じない。

　自分のことはいいから、アレックスを傷付けるようなことを言わないで欲しい。悔しくてレースの手袋をはめた手で拳を作っていると、アレックスがその手を取って解す。

「あ……」

「何を言われても、気にすることはない。お前は俺が必ず守る。今日は楽しむことだけを考えていればいい。ほら、お前が好きなお菓子もあちらに置いてあるぞ」

　アレックスは自分よりも、ブリジットを気にしていたらしい。

　どこまでも優しい人……。

　悔しさでいっぱいになっていた心の中が、温かい何かで満ちていく。

「ううん、違うの。私は何を言われてもいいの。気にしないもの」

　ブリジットの心を動かすのは、アレックスの言葉だけ。他の誰かに悪口を言われたところで、何も感じない。

「でも、アレックス様のことは言って欲しくない」

　アレックスは被害者なのに、どうして悪く言われなくてはならないのだろう。

「お前は優しいな。俺も別に何を言われても構わないし、気にならない」

「優しいのは、アレックス様の方だわ」

　そう、優しすぎる。

寝ている間、アレックスの身体を好き勝手にしていた上、無理矢理抱かせるような真似をしたブリジットに気を遣うなど、彼はどこまで優しければ気が済むのだろう。

優しくして貰えるのは嬉しい。でも、もう優しくしないで欲しかった。余計好きになって、別れがより辛くなる。

オーケストラが貴族たちの心無い声を隠すように、ワルツを奏で始めた。

「ブリジット、踊ってくれるか？」

「え、ええ」

アレックスが差し出した手に、ブリジットは複雑な心境を抱えながらも自らの手をそっと添えた。彼の大きな手が細腰に添えられ、オーケストラの音色に合わせてステップを踏む。貴族たちの心無い声は聞こえなくても、好奇な視線は隠せない。けれどそんなことも気にならないぐらい、ブリジットの心は喜びに打ち震えていた。

社交界に出るたび、アレックスとこんな風にして踊れたら……なんて夢を見ていたものだけど、まさか叶う日がくるなんて思わなかったからだ。

アレックス様と踊れるなんて……嬉しい。

でも、きっとこれが最後になるだろう。もうすぐステラが見つかる。そうすればこの手を取って踊るのは、彼女なのだから。

最後……。

そう考えると、胸がじくじく痛み出す。

こうしていられるのは、奇跡みたいなものなのよ。悲しむなんてどうかしているわ。こんな機会に恵まれたことを感謝しなくてはいけないのに。

せっかく夢が叶ったのに、自分を窘める言葉ばかり考えてしまい、あまりダンスに集中できなかった。なんて馬鹿なのだろうと後悔していた時、ある一人の女性が豊かなブルネット色の髪をなびかせ、少々小走りでブリジットのもとへやってきた。

「ブリジット！　久しぶりねっ！　会いたかったわっ！」

「エリアーヌ!?　あなたも来ていたの？　私も会いたかった……！　元気だった？」

彼女はエリアーヌ・オジエ。ブリジットより一つ年上で、アレックスと同様に親同士付き合いがあったことから知り合い、幼い頃から仲良くしている気心が知れた親友だ。彼女は去年公爵家に嫁いだので、今までのように気軽には会えなくて手紙でやり取りを続けていた。こうして直接会えるのは、本当に久しぶりのことだ。

エリアーヌのことはブリジットが説明していたので、アレックスも知っている。優しい彼は『積もる話もあるだろうから』と、気を遣ってくれたので、彼女と二人きりになることができた。

ブリジットとエリアーヌは子供のように手を取り合い、二人でダンスの邪魔にならない広間の端に寄る。

「アレックス様との結婚、おめでとう！　よかったわね！　いつからか、アレックス様のことはもう好きじゃないって言っていたけれど、ステラさんが婚約者だから諦めなきゃって思っていただけで、本当はずっと好きだったんでしょう？」

「えっ!?　どうして私の気持ち、知ってるの？」

「当たり前でしょっ！　親友なんだから！　それよりも、どう？　ブリジットは照れ屋なところがあるから、そういうこと上手くいってないんじゃないかって心配していたのよね」

「そういうことって、何？」

一体何のことだろうと首を傾げていると、エリアーヌが夜の生活のことだと耳打ちしてきたものだから、真っ赤になってしまう。

照れ屋どころか、毎夜のようにアレックスの身体に触れ、しかもこちらが追いつめて抱いて貰った……なんて、いくら親友でも言えるはずがなかった。

「やっぱり、上手くいっていないのね……アレックス様も真面目な方だって伺っているもの、無理強いできないのでしょうね。あ！　そうだわ！　私、実はいい物を持っているのよっ」

エリアーヌはブリジットの手を開かせると、可愛らしいラッピングのキャンディを一つ乗せてくれた。

「わぁ、可愛いキャンディね。くれるの？」

でも、このキャンディ……どこかで見た気がするわ。どこで……だったかしら。

「ええ、あげる。でも、ブリジットが食べては駄目よ。これはアレックス様と二人きりの時に、アレックス様に食べさせてさしあげてね」

キャンディに視線を落としているブリジットは、エリアーヌが意味深な笑みを浮かべていることに気付いていない。

「アレックス様に？　せっかくだけど、アレックス様は甘い物があまりお好きじゃないの。召し上がっていただけないかもしれないわ……」

「あら、甘い物は疲れにとーってもいいのよ。アレックス様は騎士団長のお仕事で忙しいだろうし、常に疲れていらっしゃるんじゃない？　実はそのキャンディ、特別な栄養が入っているの。食べたらきっと疲れなんて吹き飛んじゃうわ」

キャンディには果汁入りのものや、野菜入りのものもあることだし、このキャンディもその類なのだろう。エリアーヌがこんなに勧めるのだから、とてもいいものに違いない。

「そうなの？　貴重なものをありがとう。アレックス様におすすめしてみるわ」

「ええ、そうして。あ、二人きりの時じゃないと駄目だってこと、忘れないでね」

「どうして二人きりの時じゃないと駄目なの？」

首を傾げたブリジットを見て、エリアーヌが少々狼狽する。

「えっ!?　それはそのー……ほら！　アレックス様は騎士団長だし、キャンディなんて可愛い物を食べているところなんて見られたら、部下たちに示しが付かなくなってしまうかもしれないでしょう⁉　だから、ねっ⁉」

「あ、そうね！　気を遣ってくれてありがとう。私、全然気が付かなかったわ」

危なくアレックスに、恥をかかせてしまうところだった。仮にも妻なのだから、そういうことはきちんと考えなければと、心の中で自身を叱る。

「どういたしまして。とっても素敵なことになるから、期待していてね！」

「素敵なこと？」

……って、何かしら。

「あっ！　私、そろそろ戻らなくちゃ！　慌しくてごめんなさいね。今日は会えて嬉しかったわ。私の方は落ち着いてきたから、あなたの方が落ち着いたら、また前みたいにお茶をしましょう」

「ええ、またね。色々とありがとう」

少しの間しか話せなかったけれど、温かい紅茶を飲んだ時のように心の中がぽかぽか温かくなった。

会えてよかった……。

アレックスのもとへ戻ろうと彼の姿を探していると、貴族男性がにやにやしながらこちらに嫌な視線を向けていることに気付いた。

「あれがルーベンス夫人か？　随分と幼いな。年齢差があるとはいえ、釣り合いが取れていないのではないか？」

「姉の方も若かったが、大人びていたからな。見た目の釣り合いが取れていた……となると、やはり姉の方だろう」

　胸に突き刺されたような痛みが走り、息苦しくなる。

「しかし、ルーベンス伯爵も上手いことやったものだな。花嫁の失踪でゴシップのネタになったとはいえ、どちらも両方楽しむことができたのだから」

　下卑た会話から逃げようと踵を返し、目立たない場所を選んでホールを歩く。けれど嫌な目線がどこまでも付きまとってきて、目の奥が熱くなる。

　アレックス様に釣り合っていないことぐらい、私が一番わかっているわ。でも、……でも、好きなんだもの……！

　アレックスを好きな気持ちなら誰にも負けない自信がある。彼への気持ちが、見た目へ反映できたらいいのに……。

「ブリジット、話は終わったのか？」

「あ……」

　アレックスに声をかけられ、はっと顔を上げる。いつの間にか俯いていたらしい。

「どうした？　何かあったのか？」

心配そうに覗きこまれ、ブリジットは慌てて笑顔を作り、首を左右に振った。

「いえ、大丈夫よ。少しだけしか話せなかったけれど、久しぶりに会えて嬉しかったわ。あのね、今度またお茶をしましょうねって約束をしたの」

「そうか、よかったな」

アレックスは柔らかい微笑みを浮かべ、ブリジットの髪に手を伸ばしたあと、少しだけ指を彷徨わせて頬を撫でた。いつもの癖で髪を撫でようとしたが、結っている髪が崩れてしまうことに気付いて頬にしたのだろう。触れられた頬が一瞬のうちに火照って、キャンディを握る手に力が籠る。

「ん……？　少々顔が赤いな。暑いか？」

「え、ええ、人が多いせいかしら」

アレックスに触れられたせいなんて素直に話したら、困らせてしまうに違いないから、すぐに誤魔化した。

「少し涼みに外へ行くか」

城へは舞踏会で何回か来たことがあるけれど、両親やステラ、それにアレックスから『社交界に出た時には危ないから、けして一人にはならないように』と言われていたので、外へ出たのは初めてだった。

アレックスは薔薇園へ案内してくれた。幻想的な月の光に照らされた広大な土地――一般的な薔薇から、見たことのない珍しい薔薇などがたくさん咲いていて、息を吸うと上質な薔薇の香りが肺いっぱいに満ちていく。

　薔薇のアーチを抜ければ白い女神の彫像が見え、その先には可愛らしい噴水もあり、ちょっとした休憩ができるような可愛らしい白いベンチやイス、テーブルなどが置いてあった。

「素敵！　まるで絵本の中にでも迷い込んだみたいだわ」

　目を輝かせていると、アレックスが微笑むのがわかった。また子供のようなことを言ってしまったと密かに後悔したけれど、頑張っても全く他の例えが思いつかないので、素直に諦めることにした。

　少し歩いたところで、アレックスに誘われてベンチに腰を下ろすことにする。

「あ、そうだわ。アレックス様、これをどうぞ。エリアーヌから貰ったキャンディなの」

「キャンディ？　いや、俺は甘い物はあまり……お前は甘い物が大好きだろう？　お前が食べるといい」

「ううん、私はいいの。このキャンディ、実は特別な物なんですって。特別な栄養が入っているらしくて、食べたら疲れなんて吹き飛んでしまうらしいわ。アレックス様はお仕事でお疲れでしょう？　できたら食べて貰いたかったのだけど……」

　特別な栄養が入っているのなら、身体にとてもよいものなのだろう。けれど嫌いなのに無理強いはしたくない。差し出した手を引っ込めようか悩んでいると、アレックスがキャンディを受け取ってくれた。

「ありがとう、では頂く」

大きな手で、小さなキャンディの包みを開く。その姿がなんだか可愛らしく見えて、思わず口元を綻ばせてしまう。

こんな可愛い姿を見せてくれてありがとう、と、心の中でエリアーヌにもう一度感謝した。

「ん、どうした？」

「ううん、なんでもないわ。どんなお味？」

アレックスは眉を顰め、うーん……と唸る。

「……よくわからない味だな。果物のような……そうでないような……不思議な……とにかく、甘い……」

「不味い？」

「不味くはないな。俺は美味く感じないが、お前や甘い物が好きな人間が食べたら、きっと美味いと感じる味だと思う」

さすが特別なキャンディ……一筋縄ではいかない味らしい。そのうち、がりっという音が聞こえ、アレックスの喉仏が上下に動く。

「……あ」

「どうしたの？」

「す、すまない。せっかく貰ったのに、つい噛んで呑み込んでしまった……」

心底申し訳なさそうな顔をするものだから、思わず笑ってしまう。

「ふふ、いいの。舐めても、噛んでも、栄養になってくれることには違いないもの。苦手なのに食べて下さってありがとう。これで少しでも疲れが取れるといいのだけど……」

すると大きな手に頬をそっと包みこまれ、心臓が大きく跳ね上がる。

え……？　な、何？

「……俺の身体よりも、お前は大丈夫なのか？」

「私？」

「その……大分痛がっていただろう？　今はもう、大丈夫……なのか？」

言いにくそうにするアレックスを見て、何のことを示しているか察し、ブリジットは赤面した。

「……っ……あ、あの、……だ、大丈夫……も、もう……い……痛くない……から」

なかったことにされていたのかと考えたけれど、そうではなかったらしい。嬉しくて、それ以上に恥ずかしくて、顔が熱くなっていく。

「……っ……」

真っ赤になった顔を俯かせようとしたその時、アレックスの顔が赤いことに気付く。それになんだか息苦しそうで、緩めないように堪えていたはずのクラヴァットに手をかけている。

「アレックス様、どうなさったの？」

「いや……なんでも……ない」

なんでもないようには見えない。顔が火照っているだけではない。息までも乱れている。急にどうしてしまったのだろう。

「具合が悪いの!?　待っていて、すぐにお医者様を呼んでくるわ！」

ブリジットは狼狽しながらも、医者を呼ぼうと立ち上がった。

「い、いや……大丈夫だ。行かなくてい……い」

「きゃっ！」

駆け出そうとした瞬間、アレックスに手を引かれて止められ、バランスを崩したブリジットは彼の胸へ崩れてしまう。

「……っ！　大丈夫か!?　すまない。俺が急に引っ張ったせいで……」

アレックスがしっかりと抱き止めてくれたおかげで、転ばないで済んだ。

「い、いえ、大丈夫よ。ごめんなさ……っ……？」

ブリジットの右手は彼の胸に、そして左手は太腿にあった。何か違和感を覚え、ふと下を向くと、彼の欲望が盛り上がっていることに気付く。

「えっ……ど、どうして……」

気まずそうに口を噤むアレックスを見て、ブリジットもなんて質問をしてしまったのだろうと赤面した。でも、どうしてこんなことになっているのだろう。変わったことといえば、キャンディを食べたことぐらいなはずだ。

キャンディ……。

「あっ……」

以前は思い出せなかった、ある話を思い出す。確かそれはある貴族邸で行われた女性限定のお茶会で、たまたま聞こえてきた話だ。

『私の夫、最近元気がないみたいでね、全然抱いて下さらないの。もう、年なのかしら……』

『あら、じゃあ、これを試してはいかが？』

そう言って手渡したのは、可愛らしいキャンディだった。今思うと、エリアーヌがくれたキャンディの包みと似ていたような気がする。

『キャンディ？　子供じゃあるまいし、こんなもので元気になるのなら、苦労はしないわ』

『それが元気になれるのよ。だってこれ媚薬入りのキャンディだもの。大人気の品だから手に入れるのに苦労したんだから』

そうだわ……媚薬……っ……！　私、あのお茶会で聞いたのよ。まさか、このキャンディに媚薬が入っていたの!?

そういえば、エリアーヌは夜のことを気にしていた。媚薬入りのキャンディなら、アレックスがいきなりこうなったことに説明が付く。

「ご、ごめんなさい……！　アレックス様……っ！　わ、私、気付かなくて……その、さっきのキャンディ……もしかしたら媚薬入り……だったのかも……っ」

「媚薬？　……ああ、だから……か……。だが、どうしてそんなものを……」

「そ、それは……その……」

アレックスは苦しそうに息を乱しながら立ち上がり、ブリジットの手を引いてホールへ戻ろうとする。

「すまない。一度ホールまで送る……。薔薇園の案内は、また後で……するから、待っていてくれ」

「えっ……待っていてって……そんな身体で、どこへ行くの？」

「それは……その、……このままではどうしようもないからな。……治めに行く、つもりだ」

「治めるってどうやって？」

まさかそんなことを聞かれると思っていなかったらしいアレックスは、ブリジット以上に狼狽し、顔を赤くする。

「……それは……自慰……しか、ないだろうな」

「爺？　アレックス様のお祖父様は、もうお亡くなりになっているわよね？」

「い、いや、違う。その爺じゃない。……その……自分で慰める……ということ……だ」

アレックスは辛そうに息を乱し、少々言いにくそうに答える。爺ではなく自慰だと気付いたブリジットは、なんて質問をしてしまったのだろうと見る見るうちに真っ赤になった。

そしてそれと同時に、胸の中がもやもやしてくる。

「どうして？　どうして私がいるのに、その……ひ、一人でしようとするの？　治めるなら、私の身体でもいいのよね？」

恥ずかしかったけれど、勇気を出して自分の身体を使って欲しいと懇願した。けれどアレックスは頑なに頷こうとはしない。

「……っお前で……そんなことはできない」

そう断られた瞬間――先ほど貴族たちに言われたことが、脳裏を蘇った。

『あれがルーベンス夫人か？　随分と幼いな。年齢差があるとはいえ、釣り合いが取れていないのではないか？』

『姉の方も若かったが、大人びていたからな。見た目の釣り合いが取れていた……となると、やはり姉の方だろう』

私じゃ、やっぱり駄目なの？　一人になって、お姉様のことを思い出しながら、するの……？

――そんなの嫌……！

ブリジットはアレックスの手を引っ張り返し、噴水の縁に腰を下ろす。

「戻りたくない……私も一緒に居たい」

「ブリジット」

窘めるような声で名前を呼ばれると、黒いもやもやした霧が、より濃さを増した気がする。

「私でできないのなら、せめてこの場でしてはいけないの？　私が一緒に居ては……駄目なの？　アレックス様は私に見せられないような後ろめたいことをするの？」

実を言うと、詳しくどうするかはわからない。でも人に見せるようなものではないということはわかる。でも、真面目なアレックスを揺さぶるには、十分な一言だと思った。

「それは……」

「アレックス様は職業柄、人の気配にはとても敏感かもしれないけれど、そういう時はその……無防備になってもおかしくないでしょう？　でも、私が居たら、誰かが来ても安心よ。私の身体で、見えないように隠せるもの。ほら……」

ブリジットはアレックスを座らせ、自らは立ち上がる。彼の前に立って少しだけ腰をかがめ、両肩に手を置けば、ドレスの膨らみが手伝ってくれて、下肢を隠すことができた。

一人でなんてして欲しくない。ステラのことを考えながらして欲しくない。こうして目の前に居れば、嫌でも自分のことを考えざるを得ないはずだ。

「お前の前で……なんて……無理……だ」

「アレックス様が一人でいなくなるっていうのなら、私もホールには戻らずに一人でいるわ」

「それは駄目だ……貴族の男……は、真面目な者もいるが……中には不埒な考えで社交界に参加している者……も、たくさんいる。……何かあったら……どうする」

私のせいでこんなことになっているのに、私の心配をしてくれるなんて……。

優しくされると、罪悪感で胸が苦しい。でも、退く気は起きなかった。なんて嫌な子なのだろう。

「じゃあ、一緒に居させて……そうしたら、一人にならないわ。居させてくれないなら、絶対一人になる……それでもいいのなら、どうぞ行って？」

「……っ……」

媚薬が更に効いてきたのか、アレックスの息が更に乱れる。しばらくの間耐えているようだったけれど、やがて観念したように、硬く反り返った自身を取り出し、しごき始めた。

手を動かすたびに衣擦れの音が響き、肉棒がびくびく張りつめていく。

あまりにも淫猥な光景に、ブリジットは頰を燃え上がらせた。自分から見たいとおねだりしたのに、今さらとんでもないことを言ってしまったと恥ずかしくなったけれど、後悔はなかった。むしろこの光景を見られたことに悦びすら感じている。

私、アレックス様のこんなに恥ずかしい姿を……見てる……。

この大きなモノが、一週間前——自分の中に入っていたのだと思うと、何も触れられていないのに蜜が溢れてしまう。

どうしよう、目が……離せない。

「……あまり……見ないで……くれ」

じっと見ていると、アレックスのしごき方がぎこちなくなる。

「そ、そんなのずるいわ。……アレックス様だって、わ、私の……いっぱい見たもの」

思い出しただけで、頬が燃え上がりそうになるほど恥ずかしい。すると取り出した肉棒がびくっと動いて、鈴口から透明な蜜がとろりとこぼれた。

「……ここ……どうしてびくってしたの？　それに、また少し大きくなったみたい……」

「そ、れは……お前のを……思い出して……」

えっ……！

心臓が大きく跳ね上がるものだから、思わずドレスの上からぎゅっと掴んだ。

お姉様のことじゃなくて、私の身体を思い出してくれたの!?　ど、どうしよう。恥ずかしいけれど、嬉しい……！

思わず口元が緩みそうになったけれど、なんとか堪える。

「子供だって言っていたのに？　子供の私の身体を思い出して、興奮してくれたの？」

「……っ……」

アレックスの頬が、更に赤くなるのがわかった。

質問した後で自意識過剰だと思われたかもしれないと後悔したけれど、否定しないということは、本当に興奮してくれていた……と思っていいのだろうか。

「いつから……お前はそんなに……意地悪に……なったんだ……？」

「意地悪なのは、アレックス様だわ。私は……一人でなんて……して欲しくないのに。私でして欲しいって思っているのに……」

ブリジットは肩に置いていた手を離すと、アレックスの頭を胸元に抱え込む。彼の頭で豊かな胸の形を変えられると、コルセットの中に隠された乳首がだんだん尖っていくのを感じた。

彼の恥ずかしい姿を見られるのも、自分に興奮してくれるのも嬉しい。だけどこれでは、お預けを食らわされた犬みたいな気持ちだ。

どうしよう。触って欲しくて、堪らない……。

乙女を失った秘部からはとろとろ甘い蜜が溢れ、花びらの間にある花芯は触れて欲しいとおねだりするようにひくひく疼いている。

「ブリジット……よ……せ……。止められなくなる……お前を……欲望の捌け口……になんて、したくない」

濡れた声が鼓膜を揺さぶり、熱い息が胸元をくすぐる。

「止めて欲しくないの……」

片手を肉棒に伸ばし、指先がわずかに触れた瞬間——唇を奪われた。

「ン……っ……ぅ……ふ、ぁ……」

肉厚な舌で咥内を隅々までなぞられ、とろけた小さな舌を根元から何度も吸われる。身体が熱い――唾液と混じって、アレックスの舌に残っていた媚薬を呑み込んでしまったのだろうか。

情熱的な口付けに翻弄され、膝ががくがく震える。もう、立っていられない……足から力が抜け、崩れ落ちることを覚悟したその時、軽々と抱き上げられ、横抱きにされた。

「あっ」

自分をしっかり支えてくれる力強い腕や、アレックスの凜々しさと艶やかさを兼ね備えた表情にときめいて、心臓が壊れそうなほど高鳴っている。

心臓……飛び出しちゃいそう……。

「ブリジット……すまない……」

「え？　……あっ……！」

ときめいている間にドレスのボタンとコルセットのホックを外され、ミルク色の胸がこぼれていた。汗ばんでいた肌が夜風に晒され、肌が粟立つ。

可愛がって欲しいと思っていた……大きな手でたくさん揉んで、尖った先端を舐めて欲しいと思っていた。けれどいざとなると恥ずかしくて、咄嗟に隠そうとしてしまう。

ブリジットが隠そうと手を伸ばすよりも早く、彼の唇が先端に吸い付く。

「ふ、ぁっ……あぁっ……！」

もうすでに硬くなっていた先端が、舌先でくりゅくりゅ舐め転がされ、硬さを確かめるように押し潰された。

「……っ……すま……ない……ブリジット……すまない……」

アレックスは乳首にむしゃぶりつきながら、何度も何度も謝罪を口にする。

どうして、謝るの……？

そう聞きたくても、せり上がってくる喘ぎに邪魔されて叶わない。パニエの中に大きな手が性急に潜り込んできたのがわかると、お腹の奥がまた熱くなって、新たな蜜がこぼれる。激しく疼いていた花びらの間に指を入れられ、疼いていた花芽を撫でられた。

「……もう、こんなに濡らして……俺の……あんな情けない姿を見ていただけで……濡れてしまったのか……？」

「あっ……ン……ご、ごめんな……さ……い……っ……んんっ……」

恥ずかしくて涙が出てくる。なんて淫らな身体なのだろう。恥ずかしくて堪らないのに、感じることが止められない。

「謝ることはない……なんて可愛い身体なんだ……ここもこんなにぷっくり腫らして……」

アレックスは恍惚とした表情で呟くと、蜜を絡めた指の腹で何度も何度も花芽を転がす。

耳を疑った。こんなに淫らで恥ずかしい身体が可愛い？　自分の都合のいいように聞いてしまったのではないだろうか。けれど指でこねくり回されるたびに頭の中で白い火花がばちばち弾けて、そんなことを考える余裕はなくなってしまう。

「はぅっ……ン……ぁっ……そ、そこ……変になっちゃ……っ……」

「ここ……は、嫌いか……？」

「んっ……ぅ……ち、違……嫌い……じゃな……ぃっ……き、気持ち……ぃ……」

ああ、なんて恥ずかしい言葉なのだろう。でも、それ以外言えない。だって、本当に気持ちよくて堪らないのだ。敏感な場所を好きな人に弄って貰えるなんて、もう死んでもいいぐらい気持ちがいい。

まるで……心の中まで、弄られてるみたい……。

膣口から蜜が溢れるように、心の中も蜜で溢れているのだろうか。胸がいっぱいで、幸せで涙が滲む。

「……そうみたい……だな……さっきよりも硬くなって……可愛い感触が伝わってくる」

指が動くたびに粘着質な水音が響いて、羞恥を煽る。息を吸うたびに甘い薔薇の香りとアレックスの官能的な香りが、胸や心をいっぱいにしていく。

やがて指は蜜にまみれた膣口まで伸び、つぷりと侵入してくる。

「――……っ……ぁ、ふ……」

「痛む……か？」

ゆっくり抜き差しされると、蜜襞が快感に震えて、肌がぞくぞく粟立つ。ふるふる首を左右に振ると、指を二本に増やされ、解れてきたのがわかるともう一本増やされた。

唇や舌で乳首をねっとりと可愛がられ、同時に三本の無骨な指が、快感に膨らんだ蜜襞をぬっぷぬっぷと掻き混ぜる。指や舌の動きと共に足の爪先が動いてしまい、ハイヒールが脱げた。夜風で足先を撫でられると、心地良い鳥肌が立って、膣道に押し込まれた指をぎゅっと締め付けてしまう。

胸にかかる髪の感触や熱い息……肌を撫でる夜風に、背中を流れる汗――。全てが気持ちいい。

けれどお腹の奥が……長い指でも届かないような場所が泣きそうなくらい熱くて、むずむずする。

「……っ……すまない……ブリジット……限界……だ」

「ひぁっ⁉」

指を引き抜かれ、いきなりの喪失感に目を見開く。アレックスは滴るほどたっぷりと指に付いた蜜を舐めると、ブリジットの身体を持ち上げた。

向かい合わせにさせられ、情欲に潤んだ青い双眸と目が合うと、頬が燃え上がりそうに熱くなる。細腰を支えた手に操られ、膣口が肉棒へと導かれた。

「あ……ふ……」

腰を支える手から徐々に力を抜かれ、だんだんと肉棒を呑み込んでいく。指とは比べ物にならない太さに、膣口が限界まで広がっているのがわかった。

「……っ……痛まない……か？」

「大……丈、夫……っ……は……ぁ……んんぅっ……」

この前は下肢を内側から引き裂かれるような痛みが走った。もうこれ以上進まれたら、死んでしまうのではないかというくらい痛かったのに、今は――気持ちがよすぎて死にそうだ。膣口や蜜道を限界まで広げられる感覚、蠢く蜜襞に肉棒が擦れる感触……全てに愉悦を感じ、涙がこぼれた。

この間が最初で最後の交わりだと思っていたけれど、またこうして抱いて貰えるなんて嬉しい。

ゆっくり揺さぶられると、頭が真っ白になりそうな快感がせり上がってくる。

汗ばんだ身体を風に撫でられると、ここが外なのだと……誰かに見られてもおかしくない場所だと教えられるようで、羞恥に火が付く。

いやらしい音が響くたび、誰かに見られているのではないかとどきどきするけれど、繋がっているところが激しく疼いて止められない……。

もっと、もっと、揺さぶって欲しい。

「……っ……まだ、きつい……な……っ……は……ぁ……まずい……気が……狂いそうだ

「……動くのは……痛むか……？」

「い、痛く……ない……痛くないわ……だ、だから……っ」

早くたくさん擦って……。

アレックスの首に腕を回し、ぎゅっとしがみ付くと、彼の服に尖った乳首が擦れて甘い吐息がこぼれた。全身が敏感になりすぎていて、風に髪を撫でられる感触だけでも達してしまいそうだ。

「すまない……っ……もう、本当に……歯止めが……利かない……」

「あっ⁉」

痛みが走らないことに安心したのか、アレックスの動きが急に激しくなった。

「や……っ……激……しっ……んんっ……ぅっ……はぁ……っ……あっぁあっ……！」

下から突き上げられるたび密着した花芽が擦れ、膨れ上がった傘によって子宮口がぐりぐり押された。下からみっちりと蓋をされ、何度も突き上げられる行為でお腹がはち切れそうなくらい苦しいのに、それが気持ちよくて堪らない。

動くたびに衣擦れの音、そして粘着質な水音が噴水の音に混じって聞こえ、鼓膜まで可愛がられているみたいだった。

アレックスは貫きながらも抽挿で大きく揺れる豊かな胸に唇を寄せ、乳輪ごと口に含み、咥内でしごき上げていく。

くちゅっ……ちゅ、ちゅくっ……ずちゅっ……ずっ……ずちゅっ！

「あっ……同時……になんて……あっ……も……わ、私……っ……あっ…………ふ、ぁ……っ！」

いくつもの性感帯を同時に責め立てられたブリジットは、大きく突き上げられるのと同時に絶頂へ押し上げられた。

蜜襞が激しく痙攣し、はち切れんばかりに膨らんだ肉棒をぎゅうぎゅうに締め付ける。

「——……っ……く……は……」

ほぼ同時にアレックスも達し、蜜道の最奥に大量の熱い飛沫を浴びさせた。どくん、どくんと脈打っているのがわかって、ブリジットは達した余韻に浸りながら身震いをする。

しかし、これだけ大量の欲望を吐き出したというのに媚薬がまだ効いているようで、アレックスの欲望は萎えることなく硬いままだった。

「……っ……ア、アレックス……さ、ま……お、おっきい……まま……？　あっ……！」

絶頂の余韻に浸る時間も与えられず、アレックスはまた激しく突き上げ始めた。繋ぎ目から蜜と精液が溢れ出し、淫らな音が大きくなる。

「……っ……すま……ない……一度……では、治まらない……みたいだ……」

「や……ぁっ……い、今……だめ……っ……ふ、ぁっ……今、動いたら……お、おかしくなっちゃ……うっ」

あまりの刺激に場所を忘れて反り返った。夜風に吹かれてはっとし、頭から落ちてしまうと一瞬恐怖したけれど、アレックスが腰をしっかり支えてくれているから大丈夫だった。身体が後ろに引っ張られたことで肉棒がお腹側にごりごり当たり、頭の中で快感の火花が飛び散る。

「ここ……が、好き……なのか？　……締め付け……が強く……なった」

意識的にそこを擦られると、息が止まりそうになるほどの快感に痺れた。

「あっ……だめぇっ……！」

あまりの刺激に首を左右に振ると、髪を飾っていた薔薇が落ちて、りぼんが解けてしまった。こんな崩れた髪やドレスでは、ホールに戻れない。それでも、止められなかった。格好なんて気にしていられないし、気にしたくない。もっともっと、アレックスが欲しい。彼を味わえるチャンスを逃したくない。

とろけて閉じていた瞳をこじ開けると、アレックスと目が合った。

「あ……っ」

目を合わせているのは恥ずかしいのに、ふっと微笑む顔が綺麗で見惚れてしまう。

大好き、アレックス様……ずっとこうしていられたらいいのに。

「……っ……あまり……可愛い顔を……するな……本当に……壊れるまで、抱いてしまいたくなる……」

「や……ぁ……っ……あ、あんまり見ないで……」

「お前は見ているのに？」

「……っ……わ、私はいいのっ……でも、アレックス……様は……あんまり見ちゃ嫌……」

そう言うと、また可愛いと褒めてくれた。

自然と滲んだ涙や汗でぐちゃぐちゃの顔が、可愛いはずがない。でも、嬉しくてまた涙が出てきた。このまま壊して欲しい。離婚なんてしたくない。別れなければいけないのなら、いっそこのまま愛しい人に抱いて貰った余韻に浸りながら人生を終えたいと願ってしまう。

何度も擦り立てるうちに、彼の肉棒は一度も吐精していないのではないかと思うぐらい膨れ上がっていて、敏感な蜜壁は浮き出た血管にまで感じてしまう。

「……っ……ブリジット……すまない……本当に……っ……く……俺は……最低……だ……」

アレックスは突き上げながら、何度も何度も謝罪を口にする。

「あっ……んん……っ……ど、う……して……謝……っ……るの……？」

次から次へと生まれる喘ぎをやっとのことで遮り、とろけた舌を動かして質問を紡ぐ。

知らなかったとはいえ媚薬を飲ませ、自慰を強要した上にこの状況へ持っていったのはブリジットだ。悪いのはブリジットで、アレックスは悪くない。被害者だ。それなのにどうして謝るのだろう。

「お前を……手放して……やることができなくなるかもしれ……ない……すまない……」

え……？

あまりの快感を受けて、聞こえるはずのない言葉が聞こえてきた。

私、期待しているせいで、アレックス様の言葉を自分のいいように変えてしまっているの？

アレックスの心の中には、ステラがいる。たとえそれが勘違いだったとしても、アレックスの心の中にはブリジットがいないことは確かだ。それなのに、まさかいつの間にか期待してしまっていたのだろうか。

――手放すのを止めたい……と言われることを。

「すまない……ブリジ……ット……すまな……い……」

謝りながらも突き上げるアレックスに揺さぶられながら、ブリジットは喘ぎと涙をこぼし続けた。

私は、なんて愚かなのかしら……。

◆◇◆

「はぁ……」

舞踏会の翌日――ブリジットは一人きりの寝室でふかふかのベッドの上に寝転び、今日何度目になるかわからないため息を吐いた。

『お前を……手放して……やることができなくなるかもしれ……ない……すまない……』

アレックスの言葉が頭から離れなくて、あれから何度も思い出してしまう。ころころ寝返りを打っても、その言葉から逃れられない。胸が苦しくて、涙が滲む。

聞き違いなんかじゃなくて、本当にアレックス様が言ってくれたことならよかったのに……。

媚薬があまりに強かったのか、アレックスはあれから何度もブリジットを求めた。何度達したかわからないぐらい達し、意識が朦朧としていたせいか、どうやって屋敷まで戻ってきたのか記憶が全くない。

嬉しかった……今でもなんだか、アレックス様が私の中にいるみたいに思えるわ。

ずっとずっとこの感触が消えなければいいのに……と、はしたないことを考え、またころりと寝返りを打つ。

朝起きるとアレックスはもういなかったし、今日もまだ帰って来ていない。テーブルにメモがあって、『今夜も遅くなるから先に休んでいて欲しい』とだけ書き残されていた。

もしかしたら避けられているのかもしれない。

ころころと転がり、いつもアレックスが寝ている場所に寝転ぶと、彼の香りがわずかに残っていて切なくなる。

アレックスと一緒にいられる時間は、きっともうわずかだ。少しでも一緒に居たい……。

でも、避けられて当然よね……。

自分のしてきた行いを思い返し、彼の使っている枕に顔を埋め、またため息を吐く。潤んだ瞳から涙がこぼれそうになったその時——扉がいきなり大きな音を立てて開いたので、何事かと飛び起きた。

「きゃっ⁉」

入って来たのは、アレックスだった。驚いた。こんな入り方をするなんて珍しい。いつもなら寝ているブリジットを起こさないようそっと入って来るのに……。

「……すまない。そっと開けたつもり……だったんだが、力加減を間違えた……」

「お、お帰りなさい。……えっと、お仕事……だったの？」

ランプに火を灯すと、アレックスの顔が真っ赤なことに気付く。しかもなんだかふらふらしている。まさか熱でも出しているのだろうか。

昨日、外であんなことをしちゃったから⁉

慌てて傍に行くと、石鹼の香りと混じってお酒の匂いがした。ちゃんと髪を拭いていないらしく、髪から落ちた水滴でシャツの首元や肩が濡れて、ぐっしょりしている。おまけにそのシャツはボタンを全てかけ間違えている始末だ。

「仕事は……意外と早くに終わったのだが……オーギュスト様……王に捕まって……飲むことになった……」

「えっ！　アレックス様、お酒……苦手じゃなかったの？」

ルーベンス家は、代々体質的に酒が合わないと聞いていたし、今までアレックスが飲んでいる姿も見たことがない。

「ああ、苦手だ……が、王に勧められた酒……を断るわけにはいかない……からな……」

「あっ……そうよね。失礼だものね……でも、こんなになるまで飲むのは、きっと身体によくないわ？」

「いや……一杯も飲んでいない……半分以下……だったと思う」

半分以下で、こんなふらふらになっちゃったの!?

ブリジットもあまり酒は強い方ではなかったけれど、半分ではここまで酔わない。

「具合はどう？　気持ち悪くない？　頭は痛い？」

「いや、大丈夫……だ。起こしてしまって……すまない……」

「まだ寝ていなかったから、大丈夫よ。とにかく休んだ方がいいわ。あ、シャツも替えないと風邪を引いちゃうわね。待っていて、今すぐに用意するから」

ふらふらなアレックスをベッドへ導き、てきぱきと水を汲んで手渡し、新しいシャツを取りに部屋を出た。すぐにシャツを持って帰って来ると、ぐっしょり濡れたシャツのまま、ブランケットも羽織らずに寝息を立てていた。

「アレックス様、起きて。そのまま寝たら駄目よ。風邪引いちゃうわ」

「ん……」

隣に座って揺さぶると、うとうとした様子のアレックスが上半身だけのっそり起こし、ブリジットの腰に抱きついてくる。

「ア、アレックス……様っ……？」

どどどどうなってるの？　これは、夢!?　私が見ている都合のいい夢!?　アレックス様が私に抱きついてくれるなんて！

心臓が壊れそうなほど高鳴り、腰に絡みついているアレックスの腕にそっと触れると、鍛えられた筋肉の感触や温かさを感じた。それに彼の髪に付いていた水滴が、じんわりとナイトドレスに滲《し》みてくる。……どうやら夢ではないようだ。

「……お前……は、優しいな……」

もしかしたら……酔っているせいで、私をお姉様と間違えているのかも……。

そうでもなければ、アレックスがブリジットに抱きついてくれるなど有り得ない。悲しくて、同時に腹が立つ。けれど突き放せない。

とにかくこのままではアレックスが風邪を引いてしまう。とにかく何とかして着替えなければとボタンを外してみたものの、彼の腕が腰にしっかり絡まっているため脱がせられない。

「アレックス様、早くシャツを着替えて？　風邪を引いてしまうわ……アレックスさ……

っ……んんっ……」

突然唇を奪われ、ブリジットは菫色の瞳をぱちくり瞬かせた。アレックスから進んで唇を奪ってくるなんて、初めてのことだ。やはりステラと間違えているに違いない。

話している最中だったせいで唇が開いていて、そこからすぐに肉厚な舌が潜り込んでくる。無防備な小さな咥内は、あっという間に征服された。擦りつけられた舌からは、わずかにお酒の味がして、くらくらする。

「んっ……んん……は……ぁっ……ン……むっ……」

歯列や口蓋――舌の裏まで舐めあげられ、舌どころか身体の芯までとろけてしまう。薄いナイトドレスの上から太腿を撫でられ、心臓が大きく跳ね上がった。

「可愛い……小さい舌も……太腿……も、全部……可愛い……」

「アレックス……さ、ま……っ……ま、待って……私……」

私はお姉様じゃないわ。ブリジットなの。

「……っ……待てない……お前に触りたくて……堪らないんだ……」

そのまま組み敷かれそうになったけれど、ブリジットは髪の毛一本ほど残った理性で身体をよじらせた。

「だ、駄目……」

触って欲しい。でも、ステラに間違われたままでは嫌だ。二度と触れて貰える機会なんてないかもしれないけれど、なんとか拒む。するとアレックスの瞳が、捨てられた子犬のように揺れたので、心が揺らいだ。

本当は私だって、触れて欲しい……。

「まだ、好きな男のことが、忘れられて……いないのか？　だから俺に触られるのが嫌なのか？」

好きな男……？

一瞬自分のことなのだろうとかと思ったけれど、そんなわけがなかった。酔っているせいで記憶が混濁し、ステラを駆け落ち相手から奪った後なのだと錯覚しているのかもしれない。ブリジットが何も答えられずにいると手を握られ、まるで恋人同士がするように、指と指を絡められた。

「どうなんだ？」

「……っ……ち、違う……わ。……そういう気分じゃ……ない、だけ……」

嘘……本当は、触って欲しくて堪らない。

手を振りほどいて顔を背けると、再び腰に絡んでくる。

「では、どうすれば……そういう気分に、なってくれる？　なんでもする……言ってくれ……」

こんなにもアレックスに求めて貰えるステラが羨ましいのと同時に、心の中が醜い嫉妬でいっぱいになっていく。

　こんなにも好きなのに、どうして私じゃ駄目なの……。

「……本当になんでも？」

「ああ」

　わかっている……こういうことを考えてしまう人間だから、駄目なのだ。ステラは美人なだけでなく、女神のように優しい女性だ。だからこそアレックスは好きになったのだろう。私には、無理だわ……お姉様のようには、なれない。

　ステラのようになろうと思って、努力して作った性格なんて……本当の性格ではない。アレックスにはすぐ見抜かれてしまうだろう。

「そう……じゃあ、私が足を舐めてって意地悪を言ったとしても、アレックスお兄様はして下さるのね？」

　昔の呼び方にしたのは、せめてもの反抗だった。ステラは『アレックス様』と呼んでいたけれど、『お兄様』と敬称を付けて呼んだことは一度もない。いくら酔っていても、違和感を持ってくれるだろう。

　私だって気付いて……。そしてお姉様ではなく、私に触れたいと懇願したことを後悔すればいいわ。

「ああ、もちろんだ」

「へ!?」

素っ頓狂な声が出た。今、アレックスは何と言ったのだろう。もちろんだ……なんて、聞こえた気がしたけれど、幻聴だろうか。先ほどの口付けで、ブリジットまで酔ってしまったに違いない。

アレックスは戸惑うブリジットから離れると、ベッドの下で跪く。

嘘……でしょう!?

慌てて引っ込めようとするブリジットの白い足を捕まえると、しっとりと撫でた。

「小さくて可愛い足だ。……ああ、爪も小さくて愛らしいな。まるで貝殻みたいだ。本当にいいのか？　こんな可愛い足を舐められるなんて、夢のようだ」

「や……っ……ま、待って……アレックス様……わ、私、……違うの。今の……は……」

できるわけがないと思って言った挑発だったのに、アレックスは躊躇う様子や嫌がる様子を全く見せない。恍惚とした表情で足の甲へ口付けを落とし、指先を咥える。

「ちょちょちょちょちょちょっと待ってっ！　違うのっ！　ああっ……く、咥えちゃ駄目っ！」

「……親指からでは嫌だったか？　では、小指からにしよう」

「ち、ち、違うわっ！　親指も小指も駄目で……ひゃうっ……あっ……きゃあああっ……！」

咄嗟に引っ込めようとしても、アレックスの力に敵うはずがない。唇が小指から全ての指を一本一本丁寧に咥えていき、指と指の間に熱くてぬるぬるの舌が潜り込んでねっとりとなぞった。

「ん……可愛い……お前は……頭の天辺から、爪先まで全部可愛い……」

「ひゃうっ……い、いやっ……止めっ……そんなとこ……な、舐めちゃ嫌……っ……あっ……んんっ……お願い……く、くすぐったいの……止めてっ……ご、ごめんなさい……意地悪なこと言って……ごめんなさいぃっ……！」

ブリジットは身悶えを繰り返しながら、くすぐったさを耐えるようにシーツを握る。けれど次々と与えられていく刺激からは逃れられない。くすぐったくて堪らないのに、どうしてだろう……アレックスに舐められているのだと意識したら、お腹の奥が疼いてしまう。

駄目……これ以上は、駄目……っ！

涙を浮かべながら懇願すると、指に唇を付けたままアレックスが質問してきた。

「では……他の場所にも……触れていいか……？　次はお前の可愛い胸に……触りたい……」

「で、でも……」

お姉様と勘違いされたまま触れられるなんて……。

「下手……だったか？　足を舐める……のは、初めてだから……上手くできなかったかもしれないな……だが……努力する……上手く舐めることができたら、胸に触らせてくれ」

熱い舌に皮膚が引っ張られ、濡れた指に息がかかる感覚にくすぐったさ以上の何かを感じてしまい、ブリジットはぶるぶる首を左右に振って、ストロベリーブロンドを乱す。

「あっ……だ、だめっ……あ、足……だめぇっ……お願いっ……む、胸……触っても……いいからっ……そこは止めて……っ」

泣きそうになりながら懇願すると、やっと足を解放して貰えた。

「本当か？」

「……っ……む、胸だけ……他は駄目……っ」

「嫌だ。もっと触りたい……ここも舐めたいし、入れたい……」

ナイトドレスの上から秘部を圧迫しながら揉まれると、膣口がひくひく疼いてしまう。

「ひんっ……や……、だ、だ……めっ……」

だって、私はブリジットだもの。お姉様は大好きだけど、お姉様の代わりに抱かれるのは、嫌……。

「では……上手く気持ちよくできたら……ご褒美……で触らせてくれ……足よりは、上手くできるはずだ」

「ぁっ……だ、め……っ……待って……っ」

「絶対に気持ちよくさせる……から……拒まないでくれ……満足できなかったら……また、足からやり直す……」

「あっ……足はもういやっ……きゃっ」

擦りきれそうなほど細くなっていた理性で、なんとか拒もうとしても、もう遅い。ナイトドレスの胸元をずり下ろされて、豊かな胸が弾みを付けて放り出された。ミルク色の胸はあっという間に大きな手によって形を変えられ、先端は魔法をかけられたようにたちまち色付いて硬くなっていく。舌でしごき上げられ、硬さを確かめるように白い歯で甘嚙みされると、痛くはないけれどあまりの刺激に頭が真っ白になる。

「ふ、ぁ……っ……や……ぁ……っ……か、嚙んじゃ……だめ……ぇっ……」

「……ん……はぁ……す、まない……あまりに可愛いから……つい……痛かったか？　もう嚙まない……優しく……するから」

舌の表面でよしよしと慰められるように舐められ、咲き初めの花に触れるようそっと優しく胸を揉まれると、甘いため息がこぼれる。

「あっ……ぁあ……ン……ぅ……っ……」

身悶えを繰り返していると、身体に何か硬いモノが当たっているのに気付く。視線を落とすと、アレックスの欲望が張りつめ、トラウザーズを押し上げていた。

「あっ……い……いつ……から、こんなおっきくなって……」

「……っ……お前の唇を奪った時……から……だ。でも……完全に……勃《た》ったのは……足を……舐めろと言われた時……に……」

アレックスは頰を染め、ブリジットの乳首に吸い付きながら素直に白状する。

「ン……ぅっ……あ、あんな……意地悪……言ったのに？」

今思うと、萎んでしまってもおかしくないのではないだろうか。けれどアレックスは気恥ずかしそうに頷いて、胸と胸の間に顔を埋める。

「お前に意地悪されるのは……好きだ……上手く……例えられないが、胸の辺り……が、ざわざわして……もっとされたくなる……いつも、そう思っていた……」

胸の間に顔を埋めるアレックスが、いつもは格好よくて凛々しいのに、すごく可愛く見える。

アレックスに意地悪なことを言ってしまう時――困惑しながらも言うことを聞いてくれる彼を見ていると、心が満たされていく気がしていた。もっとしたい……そう感じていた。彼もそんな気持ちなのだろうか。

今意地悪したのはブリジットだけれど、アレックスは『いつも』と言った。確かに今まで何度か意地悪をしてきた。でも、彼は今ブリジットのことをステラと思いこんでいる。ということは、ステラも彼に意地悪をしてきた……ということだろうか。それとも酔ってステラとブリジットの記憶が混じり合っているのだろうか。

ステラと間違われるのは、嫌だ。でも……ブリジットだと気付かれては、触れて貰えなくなるかもしれない。現に媚薬を飲んだ時ですら、最終的に抱いてはくれたけれど、最初は頑なに拒まれたのだ。間違いない。

離婚は嫌だけど、逃れられないだろう。それならば、少しでもたくさんアレックスに触れて貰いたいし、触れたい。彼と会えなくなっても思い出せるように、たくさん抱いて欲しい。もう、お姉様に、間違われていてもいい……。

「意地悪されるのが好きなんて……アレックス様は、変態さんなのね」

耳元に口付けをしながら膨らんだ欲望を撫でると、トラウザーズ越しなのにびくびく動くのがわかった。

「……っ……く……駄目……だ。今……そんな風に触れられたら……我慢……できなくなる……」

アレックスは胸の谷間に顔を埋めたまま、苦しそうに熱い息を吐く。その息に煽られるように肌が粟立って、ブリジットは頬を紅潮させる。

トラウザーズを寛がせると、血管が浮き出るほど張りつめた肉棒が勢いよく飛び出た。鈴口からはもうすでに、白濁混じりの汁がこぼれている。それを見ているとお腹の奥が疼いて、ブリジットの秘部からもとろりと蜜が溢れた。

「我慢ができなくなるって……どうなってしまうの？」

「耳に口付けしてくれた……その可愛い唇……で、……しゃぶって欲しくなってしまう……」

欲情に満ちた青い双眸に見つめられ、頬が燃え上がりそうなほど熱くなった。

「しゃぶっ……!?　……っ……わ、かった……わ。下手……だと思うけれど……」

アレックスをそっと寝かせて脇に座ったブリジットは彼の顔に背を向け、どきどきしながら欲望を両手に包みこみ、白濁混じりの汁を吐き出している鈴口を恐る恐る舐めてみる。

「……っう、ぁ……」

口の中に不思議な味が広がるのと同時に、肉棒がびくんと跳ね上がった。自分の舌で反応してくれたのが嬉しくて、ブリジットは猫がじゃれつくように小さな舌でちろちろ舐めていく。

「気持ち……いい？　……わ、たし……ちゃんとできて……る？」

「ああ……堪ら……ないっ……は……ぁ……っ……咥え……られる……か？　無理しない……程度でいい……から……」

「こ、う……？　は、むっ……ン……っ……ぅう……」

全部咥えようと試みたけれど、大きすぎてブリジットの口には全て収まりきらない。

「っ……は……ぁ……そう……だ。口を……窄め……ながら、先……や裏……に、舌を這わせて……」

「ん、ぅうっ……ン……ふ……っ」

喉の奥まで入って来て苦しいけれど、アレックスが気持ちよくなってくれるのがわかるものだから、夢中になって舌を這わせた。舌先に淫らな味や卑猥な感触が伝わってきて、まだ触れられていない膣口がひくひく痙攣を繰り返し、太腿まで蜜をこぼしていた。

「──……っ……ぁ……駄目……だ……も、もう……離して……くれ……」

しばらくの間、頬張りながら舌を動かし、肉棒のいやらしい味や形を楽しんでいると、アレックスが息を乱しながら腰をよじらせる。

慌てて口から出すと、びくんびくんと激しく脈打って、先ほど以上に大きくなっていた。

「えっ？　あ……い、痛かった？　ごめんなさい」

「痛く……はない……が、……で……そう……なんだ……口じゃ……なくて、……お前と一つに……なって……お前と一緒に……気持ちよく、なりながら……出したい……」

息絶え絶えに訴えかけるアレックスが愛おしくて、同時に苛めたくなってしまう。

私、どうしてこんな意地悪な子になってしまったの？

でも、止められない。アレックスが次にどんな顔を見せるのか、どんな態度を取るのか、そう考えるだけでわくわくする。

ブリジットは再び肉棒を包みこみ、ひくつく鈴口をちゅっと吸う。白濁混じりの我慢の証は、とても苦くていやらしい味だった。

「う、ぁ……っ……だ、め……だ……出……る……待って……くれ……気持ち……いい……が、これ以上は……もう……」

アレックスが凜々しい顔を切なげに歪め、無骨な指でシーツを握り締める姿が愛おしくて仕方がない。

「我慢せずに、……お口で、出して？　でも、出したら……もう、これでおしまい……中には入れさせてあげない」

本当は入れて欲しかったけれど、アレックスの困る顔が見たくてわざとそう言ってみせた。ステラだと思われているからこその、強気の発言だ。ブリジットだとわかっているのなら、『別に入れなくて結構だ』と、このまま出すことなく終わってしまうに違いない。

お姉様ごめんなさい……。

ステラに対しての罪悪感や理性は、艶やかな表情を見せるアレックスの姿に溶けて、全て内腿を滑る蜜になった。

もう、我慢できない。絶対に止められない……。

「そん、な……っ……く……嫌……だ。……入れたい……たくさん、気持ちよく……させる……から……ちゃんとお前を抱かせて……くれ」

「きゃっ⁉」

下半身がふわりと持ち上がる感覚に驚く。

な、なに……⁉

アレックスは自分の顔の方を向けていたブリジットの足を軽々と持ち上げ、なんと足を開かせた体勢のまま自らの顔を跨がせたのだ。ブリジットの目の前にはアレックスの肉棒があり、アレックスの眼前にはブリジットの淫らに濡れた秘部が露わになっている。

「これで俺も……お前を可愛がれる……ああ……すごい、な……こんなにとろとろ……で、美味しそうだ……」

「や……っ……だ、だめっ……そんなとこ、見ちゃ嫌……っ」

「嫌だ……やっと見れたんだ……ずっと見たくて堪らなかった……ああ、こんな可愛い場所が淫らに膨らんで、もっと可愛くなっている……」

指で花びらを大きく広げられ、じっくりと観察された。広げられた秘部に冷たい空気とアレックスの熱い息――そして淫らな視線を感じ、ぶるっと震える。

「あっ……あ……だ、だめ……っ……そんなとこ、近くで見ないで……」

罪悪感や理性はとろけても、羞恥だけは残っている。ブリジットは頭の天辺から爪先まで、たちまち真っ赤になり、アレックスの上から退こうとした。けれど花びらの間にある蕾を舌でなぞられ、濡れすぎている蜜穴に指を入れられてしまえば、力が抜けてしまう。

「はぅ……っ」

「たくさん……気持ちよくなって……俺を受け入れてくれ……」

アレックスは鼻が汚れるのも気にせず、無我夢中になってブリジットの敏感な蕾にしゃぶりついていた。ねっとりとした舌遣いと同時に、指が弱い場所をノックするように動く。

ぐちゅっ、ちゅっくっ……じゅっ、じゅぐっ……ぐちゅっ……。

「や、ぁあんっ……あっ……ふ、ぁっ……だ、めっ……んんっ……はぅっ……あっ……あ

あんっ……」

いやらしい水音とブリジットの淫らな声が、乾いた部屋を濡らしていく――。

負けじとアレックスの肉棒を可愛がろうと頬張ってみるが、あまりの快感に集中できない。さっきまでどう可愛がっていたか思い出せず、ただただ拙い動きを繰り返す。舌の表面に伝わってくるいやらしい感触が快感を煽り、ブリジットはあっという間に達してしまった。

「……気持ちよく……できた……みたいだな……。よかった……」

アレックスは蜜まみれの唇をしっとりと舐め、ブリジットの真っ白な臀部にたくさんの口付けを落とす。

「ぁっ……あっ……そ、そんなとこ……口付け……しちゃだ、め……っ」

四つん這いのまま絶頂の余韻に痺れるブリジットの下から抜け出したアレックスは、後ろからしっかりと細腰を支え、はち切れんばかりに大きくなった自らを痙攣する膣口に宛がう。

「約束通り……お前を抱かせてくれ……」

後ろから囁かれ、ぞくりとした瞬間――熱い塊がブリジットの中を一気に満たした。

「――……っふ、ぁあぁあんっ！」

「くっ……はぁ……はぁ……きつくて……ぬるぬるで……なんて可愛い穴……なんだ……。ああ、やっと……入れられた……」

ブリジットは絶頂と挿入の刺激に震えながら、まるで獣の交尾のような体勢に羞恥を感じると共に、興奮を覚える。

なんてことなの……。私の方が、変態さんなのかもしれないわ……。

激しく突き上げられると胸が揺れ、尖りきった先端がシーツに擦れる。

「ぁ、んっ……あっ……あぁっ……はっ……あぁっ……ン！　あっ……あっあっ……！」

打ち付けられるたびに声が漏れ、繋ぎ目から溢れた蜜が落ちてシーツに滲みを作っていく。奥に膨らんだ傘が当たると頭の中で火花が弾け、身体がとろけて全く力が入らない。彼を受け入れている膣道や興奮している子宮が敏感になりすぎていて、怖いぐらいに感じた。

「……っ……締め付けすぎ……だ……ただでさえ……限界……だったから……これじゃ……お前をもう一度……達《い》かせる前……に、出て……しまう」

「あ……っぁあっ……で、でもっ……こ、ここ……勝手に……ぎゅうぎゅうに……なっちゃ……うのっ……」

気持ちよさのあまり、菫色の眦からは涙がこぼれていた。敏感な場所を突かれるとまたブリジットの意思とは関係なく勝手に膣道がうねって、アレックスの肉棒を締め付けた。

「――……っ……う、ぁ……」

どくん、と大きく脈打ち、アレックスは熱い欲望を放つ。

どくん、どくん、と何度も脈打ちながら、痙攣を繰り返す子宮口に浴びさせられると、そのわずかな振動にすら快感を覚える。

アレックスは最後の一滴まで絞り出すと、またゆるゆると腰を動かし始め、萎えた自身の硬さをあっという間に取り戻した。

「ぁっ……ま、また……おっきく……ふ、ぁんっ……あっ……ぁあっ」

勢いを取り戻した肉棒が、再びブリジットの中を激しく擦り立てる。奥にたっぷりと出した白濁液が繋ぎ目から溢れ、男と女の淫らな香りが更なる興奮を誘う。

「お前を愛しているんだ……一度……なんかで、終わらせられるわけがない……一度なんかで足りるわけがない……」

突かれるたび、たぷたぷ揺れる胸を後ろから包みこまれ、形が変わるほど揉みしだかれた。敏感な場所を突かれながら乳首をぎゅぅっと引っ張られた瞬間——ブリジットは二度目の絶頂に喘ぐ。

——何度、達しただろう。

——何度、アレックスはブリジットの中に欲望を吐き出しただろう。

その夜二人は狂おしいほどお互いを求め続け、濡れた声を上げ続けた。

「ブリジット……可愛い……俺のブリジット……誰にも、渡さない……っ……愛している……たとえお前が……俺とは違う別の男を……愛していたとしても……」

あまりの絶頂に痺れすぎて、自分にとって都合のいい幻聴まで聞こえた気がした。

第四章　夢の終わり

散々絶頂を味わい、喉が枯れそうになるほど淫らな声で鳴いた翌日——目が覚めると、アレックスの姿がすでになかった。

嘘！　寝坊しちゃった……!?

慌てて飛び起きて身支度を整えようとすると、身体の中からどろりと何かが出てきた。一瞬月のものが始まったのかと驚いたけれど、昨日のことを思い出してそれが彼の残滓だということに気付いて赤面した。

時計を確かめると、まだ寝坊という時間ではなかった。きっと今頃、アレックスも身支度を整えているのだろう。ブリジットも今から急いで支度を整えれば、彼を見送る時間には間に合うはずだ。サイドテーブルに置いてある呼び鈴を鳴らし、エレナに手伝って貰いながら素早く入浴を済ませ、身支度を整える。

「今日のドレスは……あ、なるべく胸元が開いていないデザインがよろしいですね……」

「え、どうして？」

いつものエレナなら、肌をなるべく見せない控え目のドレスを選ぼうとするブリジットに、『大胆なデザインの方がいい！』と勧めてくれるのに。

「首筋や胸元に、その……痕が……。お粉で隠すこともできますが、今日は時間がないとのことだったので」

「痕？　……あっ」

視線を落とすと、そこには花びらを散らしたようにいくつもの痕があった。気が付かなかったけれど、いつの間にか付けられていたらしい。

慌てて身支度を整えたものの、どんな顔をして会えばいいかわからない。

アレックス様は、昨日のことを覚えているのかしら……。

でも、ブリジットをステラと間違えるほど酔っていたのだから、覚えていないかもしれない。悲しいけれど、少しほっとする。

そうよね。気にしないで、いつも通りの顔をして行こう！

首元まで隠れるドレスを着て部屋を出ると、慌てた様子で部屋へ入ろうとしていたらしいアレックスと鉢合わせになり、止まりきれず甲冑にぶつかった。

「ぶふっ！」

「ブリジット⁉　す、すまない。まさか扉の前にいるとは思わなくて……大丈夫か⁉　鼻は折れていないか⁉　すぐ医師を呼ぶから待っていてくれ」

「だ、大丈夫っ……そこまで強くぶつけてないわ」

ぶつけた痛みで、鼻の奥がつんとする。鏡を覗くたび、もう少し鼻が高かったらいいのにと常日頃思っていたけれど、低いおかげで助かった。高かったら折れていたかもしれない。

「本当か？　よく見せてくれ」

アレックスはブリジットの肩に手を置くと、綺麗な顔を近づけてまじまじと観察する。

そ、そんなに近くで見ないでーっ！

寝不足だからきっと肌も荒れているし、何より恥ずかしい。

「本当に大丈夫よ。そ、それよりも、慌ててどうしたの？　何かあった？」

「――ああ、……落ち着いて聞いてくれ」

真剣な表情をしたアレックスの顔を見て、まだ何も言われていないのに、なんとなく内容を悟る。

もしかして……。

「ステラが見つかった。今朝早くにアーウィン邸へ戻って来たそうだ」

心臓が大きく跳ね上がり、一瞬息ができなくなる。

「そ、う……だったの」

「ああ、俺は仕事があってすぐには行けないが、お前は遠慮することなく先に行くといい。すぐに会いたいだろう?」

「え……え、そう、ね。そうするわ」

「俺も仕事が終わり次第、そちらへ向かう」

満面の笑みを浮かべられ、胸の中がちくちく痛む。

アレックス様、すごく嬉しいのね……。

すぐ傍で話しているはずなのに、だんだんとアレックスの声が遠くなっていくみたいだ。

ブリジットは作り笑いを浮かべ、相槌を打つ。

――夢が、終わりを迎えた。

とうとうアレックス様と、お別れなのね。……お姉様も、好きな人と別れることになってしまったのだわ。

会いたい。ステラに会って、色々と話したい。でもきっと、ステラの悲しそうな顔を見たら、子供のように泣いて、すがりついてしまいそうだ。

「では、行ってくる」

「……ええ、いってらっしゃい。気を付けてね」

して貰えないとわかっていながらも、いつも期待して目を瞑って『行ってきます』の口付けを待っていた。でも、今日はそんな気分にはなれない。身代わりの妻らしくにっこりと笑い、我儘を言わずに、城へ出仕していくアレックスを見送った。

アレックスの仕事が終わり、全員が揃えば、いよいよブリジットとの離婚、そしてステラとの再婚の話になるだろう。

離婚しても、アーウィン邸には絶対戻りたくない。屋敷に居れば、必ず別の貴族と再婚させられる流れになることはわかりきっていた。アレックス以外の男性の妻になるなんて……触れられるなんて、考えられない。そんなのは絶対に嫌だ。

どうすれば、いいだろう。

どうすれば、女の身で一人生きていくことができるだろう。

ふらふらと自室へ戻ったブリジットは、気が付けば身の回りの物をトランクに詰め込んでいた。どうやって生きていくか……答えは出ていないけれど、とにかくここに居ては駄目だ。

「奥様、ご実家へは何泊ご滞在予定ですか？　随分な大荷物ですね」

部屋を出るとエレナに見つかり、ぎくりとする。誰かに考えを悟られては、すぐ連れ戻されてしまう。

「そ、そうね。えっと、……まだ決めてないのだけど、少し長い滞在になると思うわ」

「そうなのですか？　奥様がいないと、旦那様が悲しまれますわ。もちろん私も……奥様のお帰りを心待ちにしております。足りないものがございましたら、お申し付け下さいね。すぐにご用意して駆け付けますから！」

寂しがるなんて、有り得ない。だってこの屋敷には、これからステラが来るのだから。

「……ありがとう、行ってくる……わね」

エレナに心の中で『元気でね』と呟き、踵を返した。

用意していた馬車にアーウィン邸まで乗せて貰い、馬車がいなくなったのを見計らって辻馬車を拾って乗り込む。

「どちらまで?」

「……駅……までお願いします」

どこへ行くかはまだ決めていないけれど、見つからない場所……追いかけ辛い場所を選ばなくては……。

国内に居ては、ステラのようにすぐ足が付いてしまうだろう。とりあえず海のある街まで行って、そこから乗船してどこか外国へ行った方がいいだろうか。

綿密な計画もなしに、一人で外国へ行って暮らそうなんて無謀にも程がある。箱入り娘として育った世間知らずなブリジットは、他の国どころか国内で暮らすことだって難しいだろう。世間知らずでも、そのことは十分わかっている。

でも、悲しい運命を黙って待つだけなんて嫌だ。失敗してもいいから、何か行動していたい。そうすれば、余計なことを考える時間なんてないはずだ。

ふと顔を上げると、さびれた小さな教会が見えた。

「あ……」

咄嗟に馬車を止めて貰ったブリジットは、ずっしりと重いトランクを引きずりながら教会の扉を開く。少しくすんだ白壁には少しくすんだ金色の十字架が飾られ、小さなパイプオルガンがひっそりと置かれていた。祭壇の後ろにはステンドグラスの窓があり、日の光を受けて、白い床を鮮やかに彩っていた。

懐かしい……。

トランクを床に置き、祭壇に向かって進む。

幼い頃――ブリジットは、嫌なことや悲しいことがあると屋敷を抜け出し、よく近くにあるこの教会へ逃げ込んでいた。

この教会はアーウィン邸からとても近い。けれど幼いブリジットにとっては、別の世界のように遠い場所のように思えた。初めはわくわくするけれど、時間が経つにつれて不安になってくる。屋敷が恋しくなるけれど、父に叱られてしまうのが怖くて戻れない。そのうちここへ来た理由すらも忘れ、ただただ不安な気持ちでいっぱいになってしまう。

祭壇の前で膝を抱え、泣きながらぐしゃぐしゃの顔で蹲《うずくま》っていると、必ず現れるのがアレックスだった。

『ブリジット、やはりここに居たか。一人で屋敷を抜け出しては駄目じゃないか。心配したぞ』

『アレックスお兄様……』

アレックスは自分の服の袖を使って、涙でぐしゃぐしゃになったブリジットの顔を拭ってくれる。

『今日はどうしてここへ？』

『忘れちゃった……あのね、あの……ね……私……ね……』

不安だった。怖かった。来てくれて嬉しい。色んな気持ちが入り混じって、幼いブリジットはどう言葉にしていいかわからない。察したアレックスは小さく笑って、いつも優しく頭を撫でてくれた。

『……帰るぞ？　ほら、こっちに来い』

『うんっ……！』

勢いよく飛びつくブリジットを軽々と抱きかかえ、アレックスは屋敷までの道をゆっくり歩く。

いつからか屋敷を抜け出すなんてことはしなくなったけれど、その時の記憶は特別で、今でも鮮明に覚えていた。

アレックスから香る優しい香りや、抱きかかえられて触れた場所から伝わる温もり……夕焼けのちょっぴり悲しい色……全ての記憶がブリジットにとって特別で、宝物だ。

幼い頃そうしていたように、膝を抱えて祭壇の前へ座ってみる。昔はこの祭壇がとても大きく見えたけれど、今見るとそうでもないことに気付いて月日の流れを感じた。

あの頃は、大きくなったら、アレックスのお嫁さんになれるのだと勝手に夢を見て、胸を膨らませていた。確かに妻にはなれたけれど、もうすぐ妻ではなくなる。

昔の自分が今の自分を見たら、どう思うだろう。

こうしてここに隠れても、アレックスが来てくれないと知ったら、どう思うだろう。

「……っ」

鼻の奥がつんとして、目が潤んで視界がぼやける。

何も知らずに希望を胸にいっぱい詰め込んでいた……あの頃に戻れたらいいのに――。

菫色の瞳から涙がこぼれたその時、扉が開く音が聞こえて、どきっとした。この教会を管理する神父だろうか……いや、巡礼者かもしれない。どちらにしろ、涙で顔をぐしゃぐしゃにした人間がいきなり出れば驚かせてしまうだろう。このままやりすごそうと、抱えた膝に顔を埋めた。しかし……

こつ、こつ、こつ……。

かしゃ、かしゃ、かしゃ……。

足音と鉄と鉄が擦れ合うような音がだんだん近づいて来るのがわかって、狼狽する。まずい、このままだと気付かれる。泣きじゃくっている人間がいきなり出てくるのも驚かせてしまうだろうが、泣きじゃくっている人間がこんな所に隠れている方が、もっと驚くにうになる。

違いない。やはり姿を見せた方がいいだろうと慌てて顔を上げた瞬間――心臓が止まりそ

「ブリジット」

「アレックス……様……」

どうして、ここに……？

今頃城へ出仕しているはずなのに、どうしてこんなところにいるのだろう。

「アーウィン邸に居ないと聞いて、まさかとは思って来てみたが……大きくなっても、昔のままだな」

ステンドグラスから差し込んだ光が、アレックスの甲冑姿を虹色に照らす。鉄と鉄が擦れるような不思議な音は、歩いて甲冑が擦れる音だったらしい。その手には置いたままになっていたブリジットのトランク――。

思い出の場所で会えたことが嬉しい以上に、絶望の方が大きかった。

「外に待たせていた辻馬車は、お前が利用しようとしていたものだな？　なぜ駅へ向かおうとしていた？」

どうやら辻馬車から情報を聞き出したらしい。

連れ戻されちゃう……！

ブリジットはすぐに立ち上がり、踵を返して出口へ走る。

「待て、ブリジット……！」

ブリジットは荷物を持っていなければ、甲冑も着ていない。もしかしたら逃げ切れるかと思ったけれど、甘かった。アレックスは甲冑やトランクの重さなど全く感じていないように素早く動き、あっという間に捕まってしまった。

「や……っ……離して……っ！」

「……離さない。……昔のまま……なわけがなかったか。昔は見つけると嬉しそうに飛びついてきてくれたが、随分嫌われたものだ。……いや、当たり前だな。嫌われるだけのことをしてきた」

アレックスは苦笑いを浮かべると、トランクを置き、代わりにブリジットを抱き上げる。ヘッドドレスが脱げて、ストロベリーブロンドが宙に浮き上がるのが見えた。何事かと思えば、視界に天井が入り、押し倒されたのだと察する。

「嫌な予感がして、引き返して来て正解だった。……逃がさない」

「アレックス……様……は、離し……て……」

身をよじらせても、手首を押さえ付けられていてびくともしない。顔を背けると、地面が遠くにある。どうやら祭壇の上に押し倒されたようだ。

「駅へ行って、それからどこへ行くつもりだった？」

何も答えられずに顔を背けていると、顎に手をかけられて、元に戻されてしまう。

「駅には好きな男が待っているのか？　アーウィン邸へ戻るふりをして、その男と駆け落ちするつもりだったのか？」

「……っ……だとしたら……どうだっていうの？」

「何……？」

アレックスを取り巻く雰囲気が、鋭くなったのがわかった。けれどブリジットは負けじと涙をたくさん溜めた瞳で睨み、言葉を続ける。

「アレックス様はどうせ私と離婚して、お姉様と再婚するんでしょう⁉　こんなところで私に構っていないで、早くお姉様のところへ行って……！」

「ステラと俺が再婚？　……何を言っている……？」

「とぼけないで！　そのために一生懸命お姉様を探していたのでしょう……っ⁉　それなら……私のことは、もう放っておいて……」

嫌……行かないで。私の所に居て……。

涙が溢れてきたせいで、睨み続けることができなくなる。流れた涙は頬だけではなく、耳の裏や首の後ろまで濡らす。どんなに頑張って睨もうとしても、ぐしゃぐしゃの間抜けな顔になるだけだった。

瞬きをするたびに大量の涙が溢れ、横目に金色の十字架がぼやけて見える。

ずっと、ずっと嘘を吐き続けてきたブリジットを責めるように鈍く輝いた十字架――もう最後なのだから、嘘は止めていいだろうか。後でアレックスとステラの再婚のしがらみになってはいけないと隠していた……いや、拒絶されるのが怖くて言えなかったことの方が大きいのかもしれない。でも、もう我慢できない。

ここで気持ちを言わなければ、この想いは誰も知らないまま終わってしまう。

『なかったことになんて、しちゃ嫌だよ。だって、私はアレックスお兄様が大好きなの……』

幼い頃の自分が、泣きながら叫ぶ。

そうだ。だって……こんなに好きなのだ。胸が千切れそうになって、息ができなくなるほど……アレックスが好きだ。

報われない想いだとわかっていても、アレックスにだけは知っていて欲しい。

「別に好きな……人が、できた……なんて、嘘なの……本当は、ずっと……ずっと……ずっとずっとアレックスお兄様が好きだったの……」

感情が溢れ出し、呼び方が昔に戻ってしまう。でも、呼び直す余裕なんて髪の毛一本ほども残されていない。

「嘘……？」

手首を掴まれていて、涙を拭うことすらできないブリジットは、ぐしゃぐしゃの顔のまま言葉を必死で紡ぐ。

「アレックスお兄様……は、お姉様の婚約者……だって知ってからも……好きで……諦められなくて……嘘でも好きな人ができたって言えば、アレックスお兄様は……優しいから、私のこと……応援してくれるでしょう？　そうしたら傷付いて……諦められるかなって思っていたの……」

でも、アレックスが応援してくれる前に、ステラがいなくなってしまった。

「ごめんなさい……アレックスお兄様……は、お姉様がいなくなって……好きでもなんともない私と結婚させられることになって、辛かったのに……私は、アレックスお兄様と結婚できて嬉しかったの……ごめんなさい……ごめんなさいっ……」

「……………本当、か？　俺をからかっているのではなくて……か？」

「本当……なの……ごめんなさい……」

アレックスは驚愕した様子で、切れ長の瞳を見開いている。そうして大きなため息を吐くと、そのまま両手で頭を抱えて、その場にしゃがみ込む。

ああ、きっと呆れているのだろう。悲しくて涙を流したまま起き上がれずにいると、勢いよく立ち上がった彼に抱き起こされ、力強くその腕の中に閉じ込められた。

「ぷぎゅっ……!?」

甲冑に身体が押し付けられ、苦しさのあまり間抜けな声が出てしまう。あまりに怒りすぎて、圧死させるつもりなのだろうかとほんの一瞬だけ思ったが、アレックスは慌てて力を緩める。

「す、すまないっ……つい、感極まって……」

「けほっ……そ、そう……よね。やっと大好きなお姉様と一緒……になれるのだもの。感極まって当然よ……ね」

苦しさも相まって、また涙が出てきた。ああ、体中の水分が、全て涙になりそうな勢いだ。

「違う。そうじゃない。俺はもう、最愛の人と結婚できている」

「……へ？」

さいあいのひととけっこんできている？

あまりにも驚きすぎて、何かの呪文かと思った。

「俺もお前が好きだ……愛している。ブリジット」

「え……えっ？　え？　ええ？」

アレックスお兄様が、私のことを……好き？　あ、愛してる？

「愛しているんだ」

「う、うふふ……えぇーっと……」

それはないでしょう。私、一体いつから寝てしまったのかしら。これは夢に違いないわ。すごいわ私！　見たい夢を見ることができるなんて！　次からもできるかしら？　寝る時は毎晩この夢を見たいわ！

ずっとこのまま夢を見ていたいと思ったけれど、きっと寝たとしたら祭壇の下で蹲っていた時に違いない。こんなところで寝ては風邪を引いてしまう。名残惜しいけれど、目覚めなければ……と、思いっきり自分の頬をつねってみた。

「い、痛いっ！　えっ!?　ど、どうして？　夢じゃないの？」

驚愕していると、アレックスがわずかに頬を赤らめ、苦笑いを浮かべる。

「俺の告白を、夢で片付けないでくれ」

「え……ほ、本当にこれ……現実……なの？　だってアレックスお兄様は、お姉様が好きなのでしょう？　寝言でもお姉様の名前を呼んでいたし、お姉様のことを必死で探していたじゃない」

アレックスは優しい人だから、ブリジットが悲しまないように嘘を吐いているのかもしれない。疑いの眼でじっと見つめると、真っ直ぐな目で見かえされた。

「それはお前の元気がなかったからだ。ステラがいなくなってから、ずっと元気がなかっただろう？　ステラの所在がわかれば、お前が元気を出してくれると思ったんだ。……それにどんな男と一緒になったのかも気になったしな」

わ、私のため……!?

「ステラはしっかりしているから、変な男に惚れ込んだのではないと信じているが……まあ、今回自らアーウィン邸を訪ねて来た……ということは、考えがあるのだろう」

アレックスは何か勝手に納得しているようで、うんうん頷いている。

「ま、待って！　えっと、じゃあ……アレックスお兄様は、お姉様のこと……すっ……す、好きじゃないの？」

「そもそも、婚約者とはいえ、異性として見たことが一度もないからな。妹的な……と言うよりは、気兼ねなく何でも話せる同性の良き友人のような意味で好きだ」

「あんなに綺麗なのに!?」

婚約者のアレックスがいるにもかかわらず、ステラが至る所で男性から誘われて断るのに苦労していたのを知っているブリジットは、驚愕しすぎて口を開けたまま閉じることができない。

「綺麗……？」

アレックスはいまいちピンとこないようで、首を傾げている。

「もう、どうして速答しないのっ？　私の自慢のお姉様なのよっ！」

アレックスの件で、ステラに対して劣等感を抱いていたのは確かだったけれど、ステラが大好きな自慢の姉であるということも確かだ。姉を褒めなかったことが面白くなくて、アレックスの胸元をぱしぱし叩いてしまう。

「こら、手を痛めるから止めなさい。そう言われても、一度も女性として見たことがないのだから、仕方がないだろう。綺麗とかそんな感想を求められても、よくわからない」

ステラを綺麗だと思わない人間がこの世にいるなんて、信じられない。けれどアレックスの顔は、嘘を吐いているようには全く見えなかった。

「だが、お前のことは女性として見ているから可愛いし、綺麗だと思っている」

気恥ずかしそうにごにょごにょ言われ、ブリジットは頬を燃え上がらせる。

「アレックスお兄様、趣味が悪いの……？」

「失礼な」

「じゃ、じゃあ……お姉様と二人きりになった時……は、どうしていたの？　婚約者だもの。当然、甘い雰囲気になったりしていたでしょう？」

「甘い雰囲気？　いや、ない。一緒に居る時は、お前の話しかしていなかったからな」

二人きりでどんな話をするのだろうと常日頃から気になってはいたし、甘い会話が繰り広げられているのだろうと想像し、胸を痛めていたものだけど、まさか自分の話をされているとは思わなかった。

「私の話って？」

「そうだな。幼い頃に、お化けを怖がってステラのベッドに潜り込んできておねしょしたことや、階段の柵の間に頭を突っ込んで抜けなくなって大泣きしたことや……」

「ま、待って、やっぱり言わないでっ！」

自分のことについて何を話していたのか激しく気になったけれど、きっと恥ずかしくて悶絶する話ばかりなのだろうと悟り、途中で止めて貰う。

「……お姉様が結婚前に家を出てしまったこと、辛くはなかったの？」

「辛かった……というより、心配の方が大きかった。好きな男と一緒になったのはいいが、苦労していないか……という意味でな。でも、それよりも……」

アレックスは青い瞳を揺らし、ブリジットから顔を背ける。

「アレックスお兄様？」

「……俺は最低な人間だから、お前と結婚できることを喜んでしまっていた。お前と、さっきまでいると思っていた好きな男が結ばれないことを可哀想だと思っていても、内心はお前を手に入れられると、喜んでいたんだ」

嘘みたいだ。本当にこれは現実なのだろうか。夢なら、どうか覚めないで欲しい。

「……っ……本当……？　じゃあ、私に触れてくれなかったのは……？」

止まった涙が、また溢れてくる。

「好きでもない男と結婚させられたお前が不憫で、いつかは解放してやろうと思っていた。だから触れてはいけないと我慢していたんだが……お前がもう、好きな男に身体を預けた……と聞いて、我慢ができなくなった。すまない……俺は本当に最低だな」

自嘲するように呟くアレックスを見て、ブリジットはぶるぶる首を左右に振った。

触れてくれないのは、全て自分のためだった。こんなにも愛されていたのに、どうして気付けなかったのだろう。

「最低なのは私だわ……っ勝手にお姉様に嫉妬して、挙句……私、寝ているアレックスお兄様に……っ……み、淫らなことを……」

見る見るうちに真っ赤になっていくブリジットと同じく、アレックスまで真っ赤になっていく。

「い、いや……俺こそ最低だ。……気付いていたのに、寝たふりをして……お前に触れられるのを喜んでいた……しかも、触れられるだけじゃ足りずに、更に寝惚けたふりをしてお前に触れた……我慢すると言いながら、全然我慢できていないな。騎士の風上にもおけない……」

「う、ううん……っ！　そんなことないわ。そもそも私が好きな人ができたなんて嘘を吐いたのがいけないの。ごめんなさい」

「いや、悪いのは俺で……」

お互い顔を見合わせ、真っ赤になる。

「触れてくれて、嬉しかった」

「私も……絶対お姉様と間違われて触れられているんだわって思いこんでいたけれど、それでも大好きなアレックスお兄様に触れて貰えて嬉しかった……」

嬉しくてまた涙をこぼしてしまうと、アレックスは優しく唇で拭ってくれた。

「お前に触れたいのに、お前を誰かと勘違いするなどありえない。誤解させてすまなかったな」

「ううん、そんなことない。……昨日もたくさん触れてくれて、嬉しかったわ」

「…………昨日!?」

アレックスがぎくりとし、冷や汗を流すのがわかった。

「アレックスお兄様?」

「あ、あれ……は、現実だったのか?」

「えっ……夢だと思っていたの?　……ま、まさかそれは私じゃないと思って、触れていたの?」

天国から一気に地獄へ突き落とされた気分だ。わなわな震えていると、アレックスが潔白だ!　と慌てて否定する。

「夢の中でくらいは素直になっていいだろうと、俺は恥ずかしいことを言って、終《しま》いには行動に移したんだが……ま、まさか……あれは現実で……?」

「……私に意地悪されるのが嬉しいって、もっとして欲しくなるって言っていたけど、あれのこと?」

アレックスは顔どころか耳やブリジットを抱く指先まで真っ赤にし、動揺のあまり目を泳がせた。

「どうして、夢だと思いこんで……あ……そ、そうか……酒、のせいだ。酒のせいであんな失態を……」

　ブリジットを抱いていなければ、頭を抱えてしゃがみ込んでしまいそうなくらいの狼狽えようで、思わず笑ってしまう。

「恥ずかしいの？」

　真っ赤になって目を逸らすアレックスは何も言わなかったけれど、その態度を見ていれば答えなど一目瞭然だ。

「わ、忘れてくれ。頼む……もう、酒は飲まない。王に勧められても、なんとか切り抜ける方法を考える……」

「嫌、忘れない。だって嬉しかったし、可愛かったもの。具合が悪くならない程度になら、また飲んで欲しいわ」

「可愛いわけがあるか……もう、俺はおじさんだぞ」

「アレックスお兄様はいつも自分をおじさんって言うけれど、全然おじさんじゃないと思うの」

「若いお前から見たら、おじさんかと」

「おじさんじゃないわ。私の大好きな旦那様よ」

　愛おしさが溢れて思いっきり抱きつくと、お前には敵わないと呟き、優しく抱き返してくれた。

「ブリジット、あの時はできなかったが……今、改めて、神の前でしていいか？」

「何を？」

「……誓いの口付けだ」

結婚式の時、アレックスは唇にはしてくれなかった。ブリジットは頬を染めながらも満面の笑みを浮かべ、何度も頷く。

アレックスは胸元から白いハンカチを出し、ブリジットの頭に乗せた。

「もしかして、ベールの代わり？」

「ああ、ちゃんとしたのを用意できなくて申し訳ないが……」

「ううん、嬉しい。ありがとう」

ハンカチからはアレックスの香りがして、幸せで口元が自然と綻ぶ。ブリジットにとっては結婚式の時に用意して貰った立派なベールと同じくらい特別なものに感じた。

「ブリジット、愛している。ずっと、俺と共に人生を歩んでくれるか？」

感激の涙を溢れさせながら、ブリジットは何度も頷く。

夢みたいだけど、夢じゃないのね……。

「私も……アレックスお兄様を愛しています……ずっと、ずっと隣に居させて……」

「ああ、もちろんだ」

こうして二人は神の前で永遠の愛を誓い、そっと唇を重ね合った。

第五章　夢が現実になった日

教会を後にした二人は、どんな手段を使ってもステラを好きな男性と一緒にする手段を探そうと決意し、意気込んでアーウィン邸へ乗り込んだ。

「ブリジット、お帰りなさいっ！　ああ、会いたかったわっ……！」

「お姉様っ！　私も会いたかっ……きゃっ！」

ブリジットが来ていると知ったステラは慌てて階段を駆け下り、力いっぱい抱きついてくる。そんな彼女を見た両親は、真っ青な顔をして追いかけてきた。

「ステラ！　走るんじゃない！　もう、一人の身体じゃないんだぞ！」

「頼むからじっとしていて頂戴……っ！　ほら、そんな薄着じゃ風邪を引いてしまうわ。せめてこのショールを羽織りなさい」

「もう、お父様もお母様も大げさよ」

ステラは苦笑いを浮かべ、左手でお腹を撫でている。その薬指には、指輪が光っていた。

父と母は怒るどころか、彼女のお腹を見てとろけそうなほど嬉しそうな顔をしている。

「えっ……もしかして、お姉様……」

「まぁまぁ、積もる話はサロンで、お茶を飲みながらにしましょうっ！　ね？」

◆◇◆

「ブリジット、結婚おめでとう。きっと可愛らしい花嫁姿だったのでしょうね……はぁ、私も見たかったわ」

ステラはローズヒップティーを飲みながら、残念そうに小さくため息を吐く。

「ありがとう！　……じゃなくて、それよりもお姉様のお話を……」

「ああ、とても可愛かった。俺も見たいし、もう一度着てくれないか？」

身を乗り出して提案するアレックスに、ステラはうんうんと頷く。

「ブリジット、ぜひぜひお願いねっ！　ああ、楽しみっ」

「そ、そんなことを言っている場合じゃないでしょうっ！　お姉様、お父様が言っていた一人の身体じゃないってどういうこと？　どうして駆け落ちなんて……むぐっ！」

にっこり微笑んだステラは、一気に質問しようとするブリジットの小さな口にチョコレートをいくつか放り込む。

「だって、駆け落ちでもしなければ、私は好きな人と結婚できないだろうし、あなたたちがいつまで経っても結ばれないと思ったのよ。二人共、私から見たら両想いなの丸わかりなのに、私の存在を気にして、なかなか進展しないんだもの」

だから強引な手段かと思ったけれど、駆け落ちに挑戦したそうだ。

「婚約の話が全くなくなるか、ブリジットとアレックス様が結婚の話になるかは、正直一か八かの賭けだったけれど……アレックス様なら、絶対にこのチャンスを逃さないと思ったから、信じて家を出たのよ？　でも、思う通りになってよかった！　さすがアレックス様ねっ！」

アレックスは頬を赤らめながら咳払いをし、気恥ずかしそうに視線を逸らす。

「そ、それで、お前の相手は誰なんだ？」

口の中に入ったチョコレートを咀嚼するブリジットを眺めながら、ステラは幸せそうに微笑んで語る。

相手は国内にいくつものホテルを持つやり手の事業家で、相当な資産家であったけれど、爵位はないそうだ。買い物をしている最中に街中でヒールが折れたところを助けて貰い、以来仲を深めてこのたびの駆け落ちに至ったらしい。やはりお腹の中には、新しい命が芽生えているのだと、ステラは愛おしそうな顔をしてお腹をさする。初めは鬼のような形相で反対していた両親だったが、初孫の存在に気付いた途端手の平をころっと返したのだと苦笑いを浮かべる。

そう語っている間にサロンの扉がノックされ、一人の女性が入って来た。

艶やかなブロンドは太陽のように輝いていて、瞳は美しい海のような青——長身で、すらりとした美しい女性だった。

「ステラ、遅くなってごめんよ。なかなか仕事が片付かなくて」

「アベル様、お仕事お疲れ様。待っていたの」

どなた……？

「……でも、ご実家に挨拶へ来ているのに、やっぱりこの格好はふさわしくないと思うんだ。それに一児の父になるわけだし……着替えてきていいかな？」

「あら、どうして？　とっても綺麗だし、とっても素敵だわ。今日も大好きよ。だからありのままのあなたでいて」

え、ええ？　実家に挨拶？　大好き？　え……ということは、まさか……。

「ステラ、その方は？」

ブリジット同様、困惑したアレックスが説明を求めると、ステラは席を立ってその美しい女性に寄り添う。

「ええ、この方が私の旦那様で、この子の父親のアベル・ボルデ様よ。女性の装いをしているけれど、女装をするのが趣味なだけで、男性だから間違えないでね」

「えええええええーーっ！」

驚愕して大声を上げるブリジットに対して、アレックスは声すら出せないようだった。

ステラは気にしていない様子で『この子が妹のブリジットで、隣が夫のアレックス様よ』と会話を続け、アベルはうんうんとほんわか笑っている。

「紛らわしい格好ですみません。お二人の話はいつもステラから聞いていました。お会いできて光栄です」

「結婚式は二度やる予定なの。一度目は二人でウエディングドレスを着て限られたごく親しい方だけを呼んで、二度目は普通に男性の格好をして貰って、アベル様の会社関係者やアーウィン伯爵家と繋がりがある方を呼ぶことになったの。二人は二度とも参加してね」

聞けば元々中性的な顔であった彼は、若くして父から社長業を継いだものの、中性的な顔つきのため、いくら男性の装いをしても女性に間違われて苦労した。こんなに苦労するならいっそのこと女装してしまえ！　と投げやりになって女装した結果――意外と楽しかったそうだ。以来女装をして仕事に励み、それがなぜか評判となって仕事にも大変役立っているらしい。

初めは驚いたブリジットだったけれど、次第に慣れ、最終的には『今度街に出て、三人で可愛いドレスやアクセサリーを探しにお買い物へ行きましょうね』という話になるまで盛り上がり、同席したアレックスは、なぜか美しい女性をはべらせる色男のような図になって三人の話をひたすら聞かされることとなったのだった。
◆◇◆

アーウィン邸で楽しくディナーまで過ごさせて貰ったアレックスとブリジットは、夜遅くにルーベンス邸へ帰って来た。

エレナは旦那様ったら、奥様がいらっしゃらないのが一日も我慢できなかったのですね、と笑い、すぐにバスルームの用意を整えてくれたのだったけれど、用意されたバスルームは一つ。

一つだけ？　と質問したところ、当然のようにご一緒するのですよね？　と満面の笑みを浮かべられ、狼狽しているところをアレックスに連れて行かれたのだった。

「ほ、本気で一緒に入るの？」

「ああ」

「本当の本当にっ!?」

「もちろんだ。夫婦なのだから構わないだろう？」

「夫婦……」

今まで身代わりの妻だと思っていただけあって、アレックスからの『夫婦』という言葉は甘美で、にやけてしまいそうになる。

そうよね、私たち……夫婦なんだわ！　もう私、気持ちを我慢しなくていいのよね!?　いつだってアレックス様に大好きって言っていいのよね！

「アレックス様、大好きっ」

「ああ、俺も大好きだ」

言ってもいいんだわ……っ！　嬉しいっ！

喜びに浸っていたけれどドレスを脱がされたところで、喜びを上回る羞恥がやってきて、頭の天辺から爪先まで湯気が出そうなほど、熱くなった。

「ひゃあっ！　み、見えちゃう……っ！　明かり消してっ！」

「危ないし、見たいから駄目だ。お前の身体をこんなに明るいところで見るのは初めてだな。楽しみだ。隅から隅まで眺めてもいいか？」

「だ、だめっ！　そんなの絶対だめっ！」

ブリジットの非力な抵抗も虚しく、半ば強制的にバスルームに入ってから約三十分——見事形勢が逆転した。

「ブリジット……ま、待って……くれ……もう、これ以上……は……」

恥ずかしいから嫌だと拒んだのに、髪も身体も……指先一本余すことなく丁寧に洗われてしまったけれど、羞恥心までは洗い流せなかった。それでも洗って貰ったのだから、自分もアレックスを洗いたいと申し出たところ、愛しい人をやっと手に入れられたばかりなのと、愛しい人に身体をまさぐられるように洗われて舞い上がったらしい彼は箍が外れてしまい、ブリジットに淫らなおねだりをしたことから形勢が逆転したのだった。

　くちゅ、くちゅちゅ……。

　石鹸の泡と肌が擦れ合う音、そしてアレックスの余裕のない息遣いがバスルームに反響する。

「でも、アレックスお兄様が、こうして欲しいっておねだりしたのに？」

　ブリジットはおねだり通り、バスタブの縁に座ったアレックスの足の間に跪き、豊かな胸の間に血管が浮き出るほど大きくなった欲望を挟みこんでいた。

　アレックスがおねだりしてくれて嬉しい。しかも今日は酔っているわけではないのだ。恥ずかしいけれど精一杯応えたいと、ブリジットは必死だった。初めは要領を得なかったけれど、アレックスに指示をして貰ったおかげで、大分わかってきた気がする。

　乳房に手を添え、彼の弱い場所を圧迫するように上下へ動かすと、アレックスが喘ぎを漏らす。その声を聞いているうちに、せっかく洗って貰った割れ目がぬるぬるに潤み、欲望を挟みこんでいる胸の先端が、淫らにつんと尖ってしまう。

　どうしてだろう。普段逞しくて凜々しいアレックスが、余裕のない表情を見せるたびに胸が高鳴って、愛しさが溢れるのと同時に――もっとしたい、もっとその顔が見たいと、我儘な心がくすぐられる。

「……だ、が……もう……よすぎて……出てしまう……」

「えっ、もう？　でも、始めてからまだ少ししか経っていないのに？」

まだ要領を摑んでから、少ししか経っていない。せっかくおねだりしてくれたのだから、もう少し彼に奉仕したい。

「……そ、それを言われると、少々心に突き刺さるな」

よくわからないけれど、禁句だったようだ。アレックスが若干しょんぼりしているのがわかる。

「ご、ごめんなさいっ……でも、もう少し……我慢……して？　まだ、出しちゃ駄目……」

絶頂を我慢するのは辛いとわかっていたけれど、アレックスの困る顔が見たくてわざとそう言う。すると瞳を潤ませた彼が、恍惚としたため息を吐くのがわかった。胸の間に挟まった欲望の鈴口がひくひく動いて、白濁混じりの蜜がとろりとこぼれる。

「……っ」

「我慢してくれるアレックスお兄様のここ、とっても可愛い。ねぇ、今は動いていないのに、どうしてこんなに震えているの？」

鈴口に優しく口付けを落とすと、大きな身体がびくりと震えた。

「……お前……が、意地悪なことを……言う、から……」

「意地悪は……嫌？」

再び胸を上下に動かして擦り上げると、限界まで膨れ上がった肉棒が、今にも爆発しそうなほど激しく脈打つ。

お腹の奥が熱い……彼の感じる顔を見ていると、まるで自分の敏感な場所を弄られているみたいで、床に滴るほど愛液が溢れてしまう。

「……っ……う……ぁっ……好、き……だ……っ……大……好き……な、んだ……」

必死に出さないよう耐えるアレックスが愛おしくて、お腹の奥が熱く疼いた。焦らしているのに、焦らされている気分だった。

早く……早く、アレックスお兄様を受け入れて、たくさん奥を突いて欲しい……。

ブリジットが瞳をとろかせていたその時――アレックスの指が胸に伸びてきて、硬くしこった乳首をくりくり弄り始めた。

「ひ、ぁっ……!?　あっ……ア、アレックス……お兄様っ……な、何を……」

「出す……のは我慢しろ……と言われたが、お前の可愛い乳首を触るのを……我慢しろ……とは、言われていないからな」

「あっ……だ、だめっ……ひゃぅっ……っ……や、ぁっン……」

「石鹼で……滑って……ぬるぬる滑って……なかなか摑めない……な……」

「……っ……ひぁっ……だ、だめ……あっ……」

指で撫でられるたびに身体がびくびく揺れて、胸を押さえることができなくなり、アレックスにもたれかかる。

「形勢逆転……だな？」

力が抜けてふにゃふにゃになったブリジットは抱き上げられ、アレックスと向かい合わせで座らされた。

「こ、こんなのずるい……っ」

「すまないな。俺はお前に苛められるのも好きだが、お前を喘がせるのも同じくらい好きなんだ」

意地悪な笑みを浮かべたアレックスは、欲望にたっぷり付いた泡を洗い流し、ブリジットの花びらの間に挟みこむ。

「ぁっ……」

「俺のを胸で挟み……ながら、こんなに濡らしていたとは、知らなかった……滑って入ってしまいそうなぐらい……溢れている……な？」

「や、ぁ……っ……あっ……あぁっ……」

ゆるゆると腰を動かされるたび、傘の部分に敏感な粒がぐりぐり刺激され、ブリジットは甘い喘ぎを上げた。まだ泡が残っている胸がアレックスの逞しい胸と擦り合わさり、尖った先端も同時に刺激されると、自分は我慢しろと言っていたくせに何度も達してしまう。

「自分だけ達《い》く……なんて、ブリジットの方が、ずるい……。いけない子だ……」

「うぅ……っ……だ、だって……っ……ぁ……ンぅうっ……！」

お尻を持ち上げられ、ゆっくりと挿入されると、歓喜に肌がぞくぞく粟立つ。

「……っ……はぁ……お前……のここ……は、何度奪って……も、処女の時のようにきつくて、狭い……な」

苦しそうに呼吸を繰り返すアレックスを見て、ブリジットは狼狽する。

「あ……っ……ご、ごめん……なさい。く、苦しい……？」

でも、どうすればアレックスを苦痛から解放できるのかわからない。涙目になっていると優しく髪を撫でられ、薔薇色の頬にちゅっと口付けを落とされた。

「この苦しさ……が、気持ちよくて堪らない……んだ。……お前は、辛く……は、ないか？」

ブリジットはぶるぶると首を左右に振り、早く突いてとおねだりするように、アレックスの首元にしがみ付いた。

やがて抽挿が始まると、頭の中で火花がぱちぱち弾ける。

「ふ、ぁあっ……んっ……んっ……んぅっ……は、ぁっ……はっ……」

突き上げられるたび身体が浮いて、頭が真っ白になる。

ああ、のぼせてしまいそう――……。

限界まで膣口を広げられ、みっちりと中を押し広げられる感覚だけでも気持ちよくて仕方がないのに、擦り立てられると、もうどうしようもなくよくて、涙がぽろぽろこぼれた。

「ぁっ……ふ、ぁっ……あっ……あぁっ……んんぅっ……あっ……あぁっ……！　……っ……んんっ……はぁ……ふっ……む……」

赤い舌を引きつらせながら喘いでいると、唇を重ねられた。肉厚な舌はすぐに深くまで潜り込んできて、舌が熱で溶けたチョコレートのようにふにゃふにゃになる。

「可愛い……ブリジット……もっと、感じている顔を……見せてくれ……」

「んんぅっ……やぁっ……は、恥ずかしい……から……」

見られないよう首元に顔を埋めても、亀頭で奥をごりごり擦られると真っ白になって仰け反ってしまう。

「あぁっ——……！」

「可愛い……ずっと見ていたい……」

そういうアレックスの顔の方が可愛くて、肉傘に突かれて押されている更に奥が、きゅうきゅうと切なく疼き、彼の分身を強く抱きしめるように締め付け、絶頂へと導く。

「——……っ……う……っ……く……は……ぁ……」

中へ欲望を放ちながらもアレックスは抽挿を繰り返し、ブリジットも、もう何度目かわからない絶頂へと押し上げられた。

◆◇◆

温度の高いバスルームで激しく求め合って……まだ余韻が残っているせいだろうか、寝室に戻ってベッドへ横になった後も、まだ彼を中に受け入れているかのように身体が火照ったままだった。

広いベッドの中――アレックスと手を握り、身を寄せ合って横になるのは幸せすぎて、胸の中が優しい気持ちで満ち溢れている。

「今日はなんだか、いつも以上に、感じやすかったな？」

少し意地悪な口調で言われ、頬が燃え上がる。

「それは、その……アレックスお兄様と、両想いってわかって嬉しかったからだと思うの。だって私、ずっとお姉様と間違われたり、お姉様の代わりに仕方なく抱いて貰えていると思っていたから……」

改めて両想いだという自覚が湧き上がってきて、嬉しさのあまり瞳を潤ませてしまう。

「辛い思いをさせて、すまなかった……」

とても切ない声で謝罪され、ブリジットは慌てて首を左右に振る。

「ううんっ……私も変な嘘を吐いて、誤解させちゃったものっ！　……でも、アレックスお兄様が、あの教会へ迎えに来てくれたから、私達……やっと夫婦になれた。ありがとう、アレックスお兄様……」

あの時、馬車から教会が見えなかったら……。

あの時、アレックスが教会に来てくれなかったら……。

教会で会えたのは、奇跡のような確率だったはずだ。

「俺の方がお前にたくさん感謝しなくてはならない。俺を受け入れてくれて……俺をずっと好きでいてくれて、ありがとう。ブリジット……」

「ううん……っ……わ、たしの方が……いっぱいありがとうだわ」

「いや、俺の方……が」

いやいや、自分がと押し問答を繰り返しているうちに、どちらともほぼ同じタイミングで笑ってしまった。

「ふふ、もう……アレックスお兄様ったら」

「……そういえば、俺の呼び方が、すっかり元に戻っているな？」

指摘されて、やっと気付く。

「あっ……本当……」

肩の力が抜けたからだろうか。今までは大人として見て貰いたくて必死で、半ば意地になっていたけれど、すっかり元通りになっていた上、気付かなかった。

「ごめんなさい。ちゃんと夫婦らしく呼ばないとね！　アレックス様っ」

にこっと笑ってそう呼ぶと、アレックスが気恥ずかしそうに頬を染める。

「……なんだか、くすぐったい感じがするな」

あまりに可愛くて、思わずアレックスの胸元に頭をぐりぐり擦りつけてしまう。

「うふふ、もうっ……！　アレックスお兄様ったら可愛いっ！」

「……戻っているぞ?」

「あっ」

今、改めようとしたばかりなのに……。

呼べるよう何度も『アレックス様、アレックス様』と練習を兼ねて連呼していると、アレックスがそっと微笑んだ。

「まぁ、焦ることはない。これからは未来永劫ずっと一緒なのだから、何十年もすれば、自然と呼べるようになるだろう」

「……っ……そ、そうねっ……！」

幸せに頬を染めたブリジットは照れながらも満面の笑みを浮かべ、胸の中を幸せでいっぱいにして眠りについた。

夢が現実になった素敵なその夜――ブリジットはこれからの未来を暗示するような、とても幸せな夢を見ることができたのだった。

エピローグ　ある幸せな日の寝室で

今日はとっても楽しい一日だったわ！

ある日のこと、ブリジットはステラと彼女の夫であるアベルと一緒に、街へ買い物に出かけた。

アベルは男性だというのが信じられないほどおしゃれへの関心があり、センスも抜群だった。ステラと彼に協力して貰い、今日は少々大人っぽい帽子を買って帰って来た。今度アレックスと出かける時には、その帽子を被っていくつもりだ。帽子の効果で少しはアレックスに釣り合う外見になれるだろうと期待していると、今から楽しみで仕方がない。

なんだか義兄ができたというより、新たに義姉ができたみたい……などと言ったら、ステラやアベルに怒られてしまうかもしれないと苦笑いを浮かべる。

今日のことを思い返しながら入浴を済ませ、アレックスの待つ寝室へ向かう。ディナーの時にも今日の楽しかった話をたくさん聞いて貰った。でも入浴している間に、また聞いて貰いたい話を思い出したので、早く話したくて仕方がない。けれど、少し気がかりだったのは、彼の元気がだんだんなくなっていったように見えたことだった。

もしかしたら、長話を聞かせることで疲れさせてしまったのかもしれない。

今日はもう、止めておいた方がいいかしら。

そう考えながら軽くノックをして扉を開くと、熱心に何か書類のようなものを眺めているアレックスの姿があった。あまりに熱心すぎて、ブリジットが来たことに全く気付いていないらしい。

お仕事が忙しくて元気がなかったのかしら……。

悪いことをしてしまったと反省しながら、未だブリジットの姿に気付いていないアレックスにそっと近寄る。

「アレックス様、何を見ているの？」

「……っ!? い、いや、なんでもない」

後ろから声をかけると、アレックスはなぜか慌てた様子でそれを隠そうとする。仕事関係のものかと思ったけれど、何やら様子がおかしい。数枚あるうちの一枚がひらりと足元に落ちてきたので、何気なく拾い上げる。

「あっ……！ ブリジット、待て！ よ、読むな」

その紙にはブリジットの好きな雑貨屋や、アクセサリー屋、帽子店の名前がびっしり書かれていた。それに加え、今流行っているドレスの形や小物類のファッション用語が詳しい説明と共に書かれている。

「えっ！　どうしたの？　これ……」

顔を真っ赤に染めたアレックスは、なんでもないと誤魔化そうとする。けれどじーっと見つめていると、やがて観念したようにため息を吐いて口を開く。

「こういうものに詳しくなれば、お前を楽しませられるのではないかと思っただけだ」

「え……」

「……その、今日はステラたちと出かけて、とても楽しかったのだろう？　だから、その……少々嫉妬……というか、なんというか……な」

アレックス様が、嫉妬……!?

気恥ずかしそうに気持ちを吐露してくれるアレックスが愛おしくて、ブリジットは幼い頃のように勢いよく飛びついた。

「アレックス様っ！」

すっかり油断していたアレックスは、背中からベッドに倒れ込み、ブリジットに組み敷かれてしまう。

「ブ、ブリジット？」

「おしゃれの話をするのは確かに楽しいけれど、私はアレックス様とこうしている時が一番楽しいの。でも、嬉しいっ！　ありがとう」

満面の笑みを浮かべると、アレックスはその唇をちゅっと奪った。

何度も啄むような口付けをしていくうちに、じんと唇が熱く痺れてくる。やがて薄らと開いた唇の間からアレックスの熱い舌が入り込んできて、待ち構えていたブリジットの舌と絡み合う。

舌と舌が擦れ合うたびに甘い痺れがお腹の奥に走って、誘うように腰が揺れる。唇を重ね合いながらお互い自然と手を握り、指を絡め合った。それが両想いの証のように思えて、胸の中が幸せで満ち溢れていく。

「嫉妬するなんて、情けないいな」

アレックスは自嘲めいたように苦笑いを浮かべ、ぽつりと呟く。ブリジットは絡めていた指にきゅっと力を込め、首を左右に振った。

「ううん、そんなことない。すごく嬉しい！　それにね、私……おしゃれをするのは、アレックス様に可愛いな、綺麗だな、って思って貰いたいからなのよ？　今日もアレックス様に釣り合うレディになりたいと思って、ちょっと背伸びした帽子を買ったの」

そう報告すると、彼の苦笑いが溶ける。

「そうか、見せて貰うのが楽しみだ」

「ええ、私も見ていただくのが楽しみだわっ」

にこにこしていると、アレックスの手がナイトドレスの肩紐に伸びてきて、リボン結びを解いてしまう。

「では、早速見せて貰おうか」

衣擦れの音と共に二つの膨らみがぷるんとこぼれ、ブリジットは見る見るうちに真っ赤になる。

「きゃっ!? ア、アレックス様っ……? 私が買ったのは、帽子よ?」

慌てて隠そうとすると両手を摑まれ、まじまじと見つめられた。

「煌びやかなドレス姿に身を包んだお前も綺麗だし、帽子を被ったお前も可愛いが、俺は何も被らず、何も身に着けていない姿も好きだ。俺だけしか見ることができない、大切な宝物……たくさん見たい」

そのまま組み敷かれたブリジットは、真っ赤になりながらも口元を綻ばせ、そっと頷く。

「……じゃあ、アレックス様も……私にしか見せられない姿、今日もたーくさん見せてね?」


二人は知っている。

間もなく、アレックスとブリジットの形勢が逆になることを——。

今日も新婚夫婦の寝室には、淫靡で愛に溢れた甘い――男と女の声が、いつまでも、いつまでも響き続けた。

あとがき

初めまして！　またはお久しぶりでございます！　こんにちは！　麺類《めんるい》とエロをこよなく愛する七福《しちふく》さゆりと申します。

このたびは、ティアラ文庫様で二冊目の本を出していただける運びとなりました！　とっても書きたいお話だったので、執筆できて本当に嬉しいです。

ご許可を下さいました担当K様、本作を出すにあたって携わって下さいました全ての方、そしてこの本をお手に取って下さいました読者様に、この場をお借りして心より感謝申し上げます。ありがとうございますっ！

さてさて、本作は『M男性』をコンセプトにしておりまして、所々でMっぽさが滲み出ていたらいいなぁと思います（ちなみに原稿のファイル名は「M騎士団長」でした。笑）。

熊のように強いけれど、小動物のようなか弱い年下妻に苛められる騎士団長（ただし、反撃はする）をどうぞよろしくお願いします！　坂本《さかもと》あきら先生の美麗イラストを堪能するついでに、本文も楽しんでいただけますと幸いですっ！

それでは、またどこかでお会いできることを祈りまして、これで失礼致します！　ありがとうございましたっ！

ブログ「妄想貴族」http://ameblo.jp/mani888mani/

新婚《しんこん》♡狂想曲《ラプソディ》

騎士団長《きしだんちょう》にえっちなおねだり!

ティアラ文庫をお買いあげいただき、ありがとうございます。
この作品を読んでのご意見·ご感想をお待ちしております。

✦ ファンレターの宛先 ✦
〒102-0072　東京都千代田区飯田橋3-3-1
プランタン出版　ティアラ文庫編集部気付
七福さゆり先生係／坂本あきら先生係

ティアラ文庫WEBサイト
http://www.tiarabunko.jp/

著者——七福さゆり（しちふく　さゆり）
挿絵——坂本あきら（さかもと　あきら）
発行——プランタン出版
発売——フランス書院
〒102-0072　東京都千代田区飯田橋3-3-1
電話（営業）03-5226-5744
（編集）03-5226-5742
印刷——誠宏印刷
製本——若林製本工場

ISBN978-4-8296-6703-3 C0193